O.Busciala

WE DROP EVERYTHING	***Erotic***
MOLLIAMO TUTTO	***Erotico***

 Siamo nei primi giorni di gennaio del 2002. Due imprenditori Italiani penalizzati dalla conversione della lira in euro. Decidono di mollare tutto in Italia e delocalizzare le loro produzioni nei paesi a basso costo. Durante una serata in un Night Club socializzano con due belle ragazze dell'Est disposte a collaborare con loro e liberarsi da un boss malavitoso che le frutta e le costringe a prostituirsi. Inizia per le due ragazze una nuova realtà di vita ricca di esperienze sia lavorative che sentimentali con gli imprenditori. Uno dei due ha problemi con una moglie gelosa e un figlio di 25 immaturo. Riusciranno i due amici con il motto molliamo tutto in Italia a realizzare i loro progetti? La lettura è consigliata ai soli adulti.

Il 1 gennaio 2002 L'euro diventa ufficialmente la nuova moneta in circolazione in Italia e in tutta l'Europa tranne che in Inghilterra. Mi chiamo Luciano Belfiore ho 35 anni e sono single. Ho una fabbrica di confezioni di jeans e camicie a Bergamo nella quale lavorano 30 dipendenti in maggioranza ragazze. Uno dei miei fornitori di tessuti è un intimo amico, Leonardo Parisi di 52 anni, sua moglie Rosa è una donna gelosissima e accanita fumatrice. Ha un figlio di 25 anni Mirko molto bravo con il computer, Deejay per hobby e sposato con una ragazza di nome Sara di 23 anni, figlia di benestanti. Da sei mesi hanno figlia di nome Rachele. L'azienda di Leonardo ha 40 dipendenti, e ben attrezzata con macchinari di ultima generazione. Tutti e due siamo dipendenti patologici della figa, abbiamo rapporti discreti e riservati con donne sposate insoddisfatte dei loro mariti o amanti. I nostri intriganti incontri di sesso avvengono nelle ore più impensabili nelle due camere da letto della mia villa. Ma nei momenti in cui parliamo di lavoro siamo molto seri e preoccupati della avvenuta conversione della Lira in Euro.<< Leonardo che ne pensi tu di questa Unione Europea?>> Amico mio come sempre accade in politica la sovranità del popolo non viene considerata, sono sicuro che se si faceva un referendum la maggior parte degli Italiani avrebbe preferito restare con la lira. Hai ragione Leonardo secondo me l'euro favorirà solo i potenti uomini di affari, e le solite Banche. Non sarà certamente un miglioramento per i popoli delle nazioni che ne fanno parte. Noi con la nostra valuta eravamo molto competitivi, adesso perderemo i mercati esteri e molte aziende saranno costrette a chiudere o andare a produrre in paesi a basso costo. La penso anch'io come te, le mie Banche mi hanno chiesto di rientare nei fidi in pochissimi mesi. Luciano a me stanno rompendo i coglioni dopo che ho pagato milioni di lire l'anno di interesse sul mio giro di affari. Cosa accadrà se metteranno in difficoltà le piccole e medie imprese vera spina dorsale della economia Italiana? Amico mio adesso non ci pensiamo ho sentito parlare di un locale Sex Bar a Brembate dove si esibiscono ragazze dell'est molto belle, cosi stacchiamo la spina dalle preoccupazioni e ci scopiamo due belle fighette giovani. Leonardo io non devo dare conto a nessuno sono single, il problema è tuo. Saprai convincere tua moglie? E no mio caro amico mi devi aiutare tu, domani pomeriggio vieni nella mia fabbrica e inventati qualcosa di credibile da dire Rosa.<< Leonardo ho una ragione efficace.>> La tv ha trasmesso una notizia ieri sera, sabato e domenica ci sono due manifestazioni contro l'ingresso dell'Italia in

Europa organizzate dai sindacati contrari e i nostalgici della lira, non penso che tua moglie non ti lasci partecipare. Va bene Luciano però tu passa lo stesso saluti Rosa che ti stima e le confermi che andiamo con la tua macchina.<< Io non avevo dubbi sull'esito della partenza e la moglie di Leonardo quando mi vede arrivare mi saluta cordialmente.>> Luciano sono contenta che ci vai anche tu con lui, sai come sono queste proteste, a volte accadono disordini e incidenti. Rosa stai tranquilla per tuo marito lo riporterò a casa. <<Una vota in macchina Leonardo tira un sospiro di sollievo.>> Luciano Rosa mi tallona tutto il giorno in azienda, sospetta di tutte le ragazze che lavorano e con le quali ho rapporti normali di lavoro, non la scopo da tempo perché fuma e il suo alito non lo sopporto ma lei non smette e se ne frega della sua salute e di me. Pensa che per cercarla in azienda è sufficiente seguire tutte le cicche di sigarette che lascia per terra.<< Arriviamo in questo locale e vediamo fuori una grande locandina con le foto delle due ragazze che indossano un intimo molto castigato e sex, sotto ci sono scritti i loro nomi.<< Elena e Irina.>> Luciano sono veramente delle belle fighette e non avranno più di 23 anni. Leonardo speriamo che non sono impegnate dopo lo spettacolo, sai come vanno queste cose avranno già i loro appuntamenti prenotati. Luciano è solo un fatto di soldi e vedrai che a qualsiasi prezzo ce le porteremo nella tua villa dopo lo spettacolo. <<Entriamo e prendiamo posto ad un tavolo, il locale è pieno di uomini eccitati che bevono birra>>. Le ragazze ballano la pole dance attorno ad un palo ed i loro seni nudi sono perfetti. Ogni tanto qualcuno le mette dei soldi nei loro sex slip.<< Dietro di noi ci sono due uomini seduti che commentano>>. Donato è la seconda volta che vengo in questo locale, mi sono prenotato per una scopata con la biondina, hai visto che figa, ed è brava a fare i pompini.<< L'altro tutto eccitato gli risponde>>. Ho saputo che sono dell'Est e devo dirti che la bruna non mi dispiace quasi quasi mi prenoto per una scopata, ma dimmi fanno tutto con il preservativo o si può fare anche senza pagando qualcosa in più? <<L'amico gli conferma.>> Ascolta toglitelo dalla testa, non fanno niente senza la protezione e non si fanno mai baciare sulla bocca.<< Leonardo sentendo che sono dell'est ha un intuizione.>> Luciano ho letto che anche la Bulgaria è entrata in Europa e manterranno fino al 2018 la loro moneta che vale 1000 delle nostre lire, che ne pensi se ci informiamo sulla possibilità di delocalizzare la nostra produzione?<< L'idea di Leonardo non è sbagliata ed io cerco di sapere di più.< Ma scusa questi non sono più comunisti?>>

Ma tu non li leggi i giornali? Nel 1990 si sono coalizzati tre partiti e hanno formato un nuovo governo con l'idea di attuare nuove riforme e privatizzare tutte le loro imprese.<< Io sono parzialmente convinto e gli chiedo se forse è opportuno fare un viaggio insieme e di renderci conto personalmente dei tanti vantaggi che potremmo avere.>> Ma Leonardo è preso dalla bellezza delle ragazze e mi fa solo un cenno con la testa e un Like con il dito della mano. <<Luciano io quelle due desidero scoparle vedi tu come fare e parla con il padrone del locale>>. Anch'io sono attratto dalle due bellissime ragazze e chiedo ad un cameriere di poter conoscere il boss del locale.<< Lui mi segnala il suo ufficio ed io mi reco e chiedo gentilmente di entrare.>> Aperta la porta vedo un energumeno seduto dietro ad una scrivania pieno di tatuaggi e con voce rauca mi fa cenno di sedermi.<< Io timidamente gli chiedo.>> Senta io e il mio amico siamo interessati a fare sesso con le due ragazze che si stanno esibendo, vorrei sapere il costo. <<Lui sorride e mi risponde>>. Per questa notte ho una lista di clienti che si sono prenotati, prendono 100 euro a scopata per un'ora.<< Io non ho intenzione di mollare ed insisto>> Mi scusi da che ora iniziano i loro appuntamenti? Dalle 24 alle 5 del mattino, ma se volete ho altre belle ragazze disposte a fare sesso.<< Io gli faccio una proposta.>> Senta sono in tutto cinque ore e quindi lei ha un incasso di 1.000 euro, Io le offro 2.000 euro se ci concede si scoparle tutta la notte. <<Il boss ci pensa un pò e fa la sua richiesta>> Se mi paghi subito in contanti le ragazze sono solo per voi. <<Io gli chiedo di poter parlare con il mio amico e ritornare con il contante.>> Lascio il suo ufficio e ne parlo a Leonardo. Ascolta il boss mi ha chiesto 2.000

euro in contanti per poterle scopare tutta la notte. Hai visto Luciano che è sempre una questione di soldi, tieni questa è la mia parte e vai a pagare quel pappone di merda.<< Ritorno dal boss>>. Lui incassa e mi dice. Alla fine dello spettacolo ve le presento e le portare in un motel.<< Io gli rispondo che non sono cazzi suoi dove le portiamo, ma lui se ne frega.>> Ok fate come volete per me non ci sono problemi l'importante è che domani sera si presentano nel locale per lo spettacolo, buon divertimento. <<Lascio il suo ufficio e do la notizia a Leonardo che ne rimane contento.>> Speriamo che parlano un poco di Italiano potrebbero esserci utili se andiamo in Bulgaria.<< Io non ci avevo pensato a questa soluzione e gli faccio i complimenti>>. Leonardo sei proprio una grande mente, vedi le cose sempre prima degli altri.<< Lui fa il modesto>>. Luciano anche tu ci sai fare, adesso aspettiamo la mezzanotte e poi conosciamo queste meraviglie della natura.<< Il locale comincia a svuotarsi e restiamo solo noi due>> Il boss parla prima con le ragazze e notiamo che gli dà dei soldi, dopo ce le presenta. Signori la bionda si chiama Elena e la bruna Irina. Lasciamo il locale e le ragazze salgono in macchina.< Una di loro ci sorprende con il suo parlare in Italiano>. Sapete siamo contente di passare la notte con voi due ma vi chiediamo una cortesia. Vi dispiace se ceniamo prima di avere rapporti siamo affamate.<< Io le rassicuro>>. Ragazze andiamo nella mia villa e vi preparo una bella cena, ma ditemi cosa vi ha detto il boss e quanti soldi vi ha dato? <Risponde la bruna>. E' la prima volta che ci paga lui, solitamente sono i clienti che lo fanno e noi gli diamo la sua parte, ci ha dato 1.000 euro per tutta la notte, e si è tenuto la sua parte, poi ci ha detto di essere disponibili con voi perché è la prima volta che vi vede entrare nel suo locale e ci tiene ai nuovi clienti. <<Io mi riservo di dirle la verità sulla cifra pagata e le chiedo>>. Da quanti anni siete in Italia?<< Risponde Elena>>. Siamo arrivate un anno fa e dopo esserci prostituite per strada abbiamo conosciuto questol Boss che ci ha proposto di lavorare nel suo locale. Viviamo in un appartamento di sua proprietà e prende la metà degli incassi dalle prestazioni che facciamo. Cazzo risponde Leonardo, mica scemo il pappone, e voi pensate di continuare questa vita lavorando per questo stronzo? <<Risponde Irina>>. Nella nostra Nazione ci sono stati anni di crisi dopo il comunismo e con questo nuovo parlamento la gente vive ancora male, le aziende sono fallite tutte e si aspetta la ripresa, io e la mia amica siamo originarie di una cittadina a 20 km da Plovdiv una città ex capitale in espansione. La nostra famosa cittadina è chiamata la piccola

Gerusalemme ha 53 chiese e la religione è cattolica. Noi due lavoravamo in un ditta che confezionava abiti da sposa ma lo stipendio non ci bastava e abbiamo deciso di cercare fortuna in Italia.<< Io le chiedo come sono arrivate>>. <Elena continua>. Abbiamo pagato un camionista e dopo un lungo viaggio sul traghetto dalla Grecia a Venezia la sua destinazione era Bergamo ed eccoci qua.<< Leonardo le fa una domanda>>. Come mai parlate bene la nostra lingua?< Lei non ha difficoltà a rispondere.> Abbiamo trovato il tempo anche per fare un corso di inglese, voi parlate come scrivete e ci è bastato imparare il vostro alfabeto, ma anche la nostra lingua si parla come si scrive è in Ciriaco.<< Leonardo nel sentire che parlano anche bene l'inglese si entusiasma.>> Io sento di chiederle delle loro famiglie. Ragazze ma i vostri genitori sanno che siete in Italia?<< Loro sono imbarazzate dalla mia domanda e dopo una breve pausa Elena ci dice la verità.> Noi non abbiamo mai conosciuto i nostri genitori, siamo state abbandonate in un collegio, avevamo 4 anni e abbiamo studiato le scuole dell'obbligo fino 15 anni. Dopo la proprietaria di una fabbrica di abiti da sposa in visita al collegio ci ha scelte per lavorare con lei. Abbiamo imparato a cucire a macchina e siamo rimaste per quattro anni. Abitavano in un piccolo appartamento e dopo aver finito il lavoro ci recavamo con la corriera a Plovdiv e in accordo con i portieri di albergo facevamo le Escort per i clienti fino alla mattina. In attesa di essere chiamate in camera ripetevamo le lezioni di inglese tanto da diventare le più brave alla fine del corso.<< Il mio amico è perplesso>>. Ragazze io non riesco a capire perché avete lasciato il vostro paese con la vostra preparazione per venire in Italia.<<Irina si giustifica.>> Voi non avete idea di una nostra realtà. Sono moltissime le ragazze giovanissime che si prostituiscono negli alberghi per aiutare le loro famiglie, noi alcune sere non avevamo clienti e poi per la prestazione di un'ora ci davano 60 leva, e la metà la davamo al portiere dell'albergo.<< Ok ragazze basta cosi siamo arrivati, adesso apro il cancello e parcheggio la macchina.>>La mia è una villa abbastanza grande e accogliente, spero che sia di vostro gradimento.< Le ragazze sono entusiaste di come è arredata.> Che bello qui vero Elena? Si non mi aspettavo che questa notte dovevamo incontrare due persone speciali.< Io le invito a sedersi sul divano.> Ragazze guardate la tv, io e il mio amico andiamo in cucina a preparare la cena. Senti Leonardo io desidero fare sesso con Elena la bionda, ti dispiace? No a me la bruna piace tantissimo, ma che problema c'è, staranno con noi tutta la notte e ce le scambiamo.<< Dopo una mezz'ora la cena è pronta e ci sediamo alla tavola>>. Ragazze siamo riusciti in cucina a preparare degli spaghetti al peperoncino dei crostacei e una insalata mista. Le due erano veramente affamate e gustano tutto il cibo bevendo anche molto vino bianco.<La mia curiosità non si fa attendere>. Ragazze ma voi in Bulgaria siete abituate a bere cosi tanto? << Quasi tutte ma sopportiamo bene l'alcool.>><< Prima di chiuderci ognuno nelle due camere da letto e fare sesso Leonardo desidera fare una proposta alle ragazze>>. Elena e Irina io e il mio amico Luciano dopo aver ascoltato le vostre esperienze stiamo pensando di delocalizzare la nostra produzione in Bulgaria e dal momento che voi sapete cucire e conoscete altre ragazze nella vostra cittadina vi proponiamo di cambiare vita e lasciare definitivamente il lavoro al club. Il boss è un delinquente noi abbiamo pagato 2.000 euro per stare con voi questa notte e lui si è messo in tasca 1.000 euro. <<Le ragazze sanno benissimo>> <Leonardo cerca di convincerle.> Se accettate di collaborare con noi una volta che ci organizziamo il vostro compito non sarà solo quello di insegnare le ragazze a cucire ma visto che parlate anche l'inglese avrete il compito di concludere rapporti commerciali con i nostri clienti Europei. Noi siamo sicuri che le ragazze che abbiamo nelle nostre aziende che si interessano del Marketing non accetteranno mai di trasferirsi e quindi sarete voi a seguire questo lavoro e vi sentirete realizzate.<< Le ragazze si guardano in faccia meravigliate e Leonardo continua.>> Inizialmente lavorerete nella fabbrica di camice e di jeans di Luciano. Lui non è sposato e alloggerete in questa villa.<< Le ragazze trovano la proposta molto interessante.>> Siamo contente di questo vostro interesse per noi ma abbiamo paura che il boss si vendichi e ci faccia del male.< Io mi preoccupo dei loro documenti>. Avete con voi i passaporti o li avete consegnati a lui? <Elena è una ragazza intelligente e risponde con un sorriso.> Quando ci ha conosciute li voleva ma noi li abbiamo detto di no e si è rassegnato. <<Le ragazze comprendono che le stiamo offrendo una grande opportunità e Irina ci sorprende con un suo intervento>> Io e la mia amica non abbiamo orgasmi nei rapporti con i clienti, fingiamo di godere e non ci facciamo baciare sulle labbra, abbiamo tanto desiderio di provare l'amore vero con un uomo e voi siete le persone giuste. Questa sera con voi facciamo tutto senza preservativo e tranquilli abbiamo le pillole per il giorno dopo.<< Noi ci aspettavamo proprio questo.>> In ogni camera da letto c'è il bagno personale e ci dividiamo e accettiamo la loro scelta, Elena con me e Irina con Leonardo. Come loro desiderio le ragazze si comportano non da puttane ma da amanti, si lasciano baciare sulle labbra e durante i preliminari si concedono tutte senza usare il preservativo, sia nel rapporto orale, anale, ed infine con orgasmo insieme nelle loro fighette depilate. Il mattino dopo essendo Domenica restiamo a letto fino alle 10.<< Fatta colazione si pensa al loro trasferimento.>> Ci rechiamo in macchina con Elena e Irina a prendere la loro roba dall'appartamento dove vivono. Il palazzo è in una zona periferica frequentata da spacciatori e prostitute. Mentre il mio amico resta in macchina io salgo a piedi con le ragazze e una volta arrivati ed entrati noto un grande disordine e molta sporcizia. Loro prendono la poco roba che hanno la mettono in due borsoni e andiamo via lasciando le chiavi della porta di casa inserite nella serratura. Una volta entrati in macchina ci allontaniamo in fretta e ritorniamo alla villa.<< Ragazze sistemate la vostra roba nelle camere dove abbiamo dormito ieri, io e Leonardo intanto prepariamo il pranzo, oggi è domenica e le nostre aziende sono chiuse. Le ragazze dopo aver sistemato la loro roba nelle rispettive camere scendono nel living della villa e trovano la tavola per il pranzo preparata.<< Le facciamo accomodare sul divano ma le vediamo preoccupate>>. Ragazze coraggio il vostro Boss questa sera quando non vi vedrà arrivare manderà certamente un suo uomo a prendervi dall'appartamento e troverà la sorpresa. Di noi sa poco e niente, penserà che siete ritornate in Bulgaria e si rassegnerà. Resterete nella mia villa per pochi giorni il tempo di organizzarci per partire insieme nel vostro paese, vedere di trovare dei capannoni e trasferire le nostre aziende.< Le ragazze si rasserenano>> Noi ci fidiamo di voi e speriamo di non pentircene di aver lasciato il nostro lavoro nel Night.<< Si pranza e dopo tutti e quattro sul divano a vedere dei dvd porno per eccitarci>> Durante la visione ogni tanto ci baciamo con le ragazze e loro si lasciano toccare le parti intime umide di orgasmi tanto desiderati. Per sicurezza non usciamo dalla villa e la sera dopo cena ci ritiriamo nelle nostre camere da letto e rifacciamo l'amore come la volta precedente. Il mattino dopo le lasciamo riposare e ognuno di noi si reca nelle rispettive aziende.<< La moglie di Leonardo è incazzata nera perché lui non l'ha chiamata per niente.>> Leonardo ascoltami bene, di come è andata la manifestazione non me ne frega un cazzo, sono sicura che voi due siete stati in albergo sabato e domenica sera con delle puttane.<< Il figlio che è presente si interessa dei computer ascolta e non dice una sola parola.>> Ascolta Rosa continui a rompermi i coglioni con la tua gelosia, non hai ancora capito che le banche mi stanno chiedendo di rientrare nei fidi per sto cazzo di euro e mi devo dare da fare per salvare l'azienda.<< La moglie mangia la foglia e gli chiede scusa.>> Si lo so che questa Unione Europea è una fregatura, perderemo un sacco di clienti esteri e in Italia il mercato è fermo capisco che tu ti stia dando da fare e scusami se ti ho offeso. Rosa io e Luciano stiamo pensando di trasferire la produzione in Bulgaria, dove la mano d'opera costa 125 euro al mese e non esiste la tredicesima e la liquidazione, inoltre se un operaio non ci piace possiamo licenziarlo dalla sera alla mattina. Le tasse sono del 10 per cento e ci sono tante altre agevolazioni che sapremo se facciamo un viaggio sul posto.<< La moglie a sentire tutte queste belle notizie si esalta.>> Allora cosa aspettate tu e Luciano, partite e rendetevi conto di tutto, è un passo importante e non possiamo sbagliare.<< Il figlio prende la parola.>> Papà potrei intestarmi io la fabbrica nel frattempo che tu liquidi questa in Italia.<< Leonardo non si è mai fidato delle capacità del figlio ma è il momento di metterlo alla prova>> Mirko lasciami pensare bene, intanto devo andare dai direttori delle due Banche che mi stanno aspettando. Quando Leonardo viene ricevuto dal primo direttore la richiesta è quella di rientrare nei fidi entro sei mesi e di non utilizzarlo oltre quello concesso. La stessa cosa gli dice l'altro e lui comincia a pensare seriamente ad andare a produrre all'estero.<< Quando ritorna in azienda mi telefona.>> Luciano sai che le due Banche mi hanno chiesto di rientrare entro sei mesi, questi sono rincoglioniti, se fanno chiudere tutte le aziende chi gli pagherà il denaro con i tassi da strozzini che ci hanno praticato sui fidi. Leonardo anche a me hanno chiesto la stessa cosa, se ne accorgeranno della loro politica sbagliata e dopo studieranno come fare per togliere i soldi dai poveri risparmiatori. Luciano mia moglie mi ha detto di partire con te in Bulgaria per renderci conto se veramente conviene delocalizzare li e trasferire la produzione. Leonardo sono contento che appoggia la tua intuizione, io non devo dare conto a nessuno e penso che sia meglio anche per le ragazze tornare nel loro paese per qualche giorno in modo che il Boss si rassegna. Luciano la trovo una soluzione ottima e forse sarebbe opportuno che tu invii un fax allo stronzo con il biglietto aereo di sola andata delle ragazze. Lascia fare a me amico mio so come fare con l'agenzia viaggi, intanto controlla che la tua carta di identità non sia scaduta ormai non serve il passaporto. La mia è in regola, poi ci vediamo stasera da me e ci organizziamo.<< Intanto nella pausa pranzo vado a casa e parlo con le ragazze>>. Allora avete sistemato tutto? Ho portato da mangiare, è meglio non farci vedere insieme in questi giorni, penso che il Boss quando questa sera non vi presenterete si darà da fare per cercarvi. <<Elena è preoccupata>> Luciano ma ci sarà una soluzione definitiva? Ma certamente, e con Leonardo abbiamo pensato di partire domani per sondare il terreno e capire un po' di più come sono le condizioni di vita. Inoltre ragazze ho pensato che per fare rassegnare definitivamente il Boss gli manderò un fax con i vostri biglietti aerei di sola andata.< Elena non può fare a meno di abbracciarmi e dirmi.< Grazie per quello che state facendo per noi, vedrete che vi saremo molto utili per realizzare i vostri progetti. Ok ragazze restate a casa e questa sera ceniamo insieme a Leonardo e ci prepariamo per la partenza di domani pomeriggio.<< Rimaste da sole le ragazze commentano i loro rapporti avuti la notte con noi.>> Elena a me non i importa che Leonardo è sposato, non ho mai avuto tanti orgasmi da quando ho perso la verginità con il ragazzo che faceva il cuoco nel collegio. Irina è lo stesso ragazzo con il quale ho avuto anch'io il mio primo rapporto come altre nostre amiche. Ieri con Luciano ho capito la differenza fra amore e sesso. Mi sono concessa tutta e ho soddisfatto tutte le sue fantasie erotiche, quando abbiamo rifatto l'amore ho ingoiato con piacere il suo sperma e adesso mi sento come se fosse dentro di me. Elena siamo uguali in queste cose e anch'io gli ho fatto questo regalo a Leonardo che non se lo aspettava. Loro avevano programmato lo scambio e poi hanno cambiato idea. Irina lo faremo un'altra volta e non facciamo l'errore di innamorarci perché si devono sentire liberi di poter scopare con altre ragazze. A noi interessa che ci trattano bene e se i progetti si realizzano la nostra vita cambierà.< Dopo aver parlato di me e Leonardo pensano al loro lavoro futuro con noi.>> Irina cucire jeans e camice è molto più semplice che confezionare abiti da sposa, ti ricordi quanto lavoro a mano facevamo e se non era preciso ci sgridavano e non ci pagavano le ore in più di lavoro. Si Elena le nostre superiori erano delle vere streghe e si scopavano i nostri chef.<< in Bulgaria i padroni si chiamano cosi>>. Se veramente Luciano riesce a fare una sua azienda convinceremo le ragazze più brave a lavorare con noi.<< Leonardo dopo aver chiuso l'azienda viene alla villa per definire il tutto>>. Più che cenare si parla della partenza.<< Io espongo espone quello che avevo concluso>>. Sono stato in agenzia e mi ha proposto questo volo in partenza da Bergamo alle 14 con arrivo a Sofia alle 17,05 per sola andata, il ritorno lo faremo il giorno in cui decideremo di tornare in Italia. Da li prenderemo un taxi che ci metterà 1 ora e mezza per portarci a Plovdiv dove ho prenotato due camere in un Albergo. Partiremo domani e prenderemo un taxi, mi sono procurato numero di fax del Boss e una volta in aeroporto invieremo la copia i vostri biglietti aerei in modo che si convince che avete lasciato l'Italia.<< Le ragazze sono contente del mio lavoro ed esprimono il loro pensiero>>.< Parla prima Elena. Hai scelto bene Plovdiv e anche l'albergo, certamente qui ci sono più strutture nuove per impiantare una fabbrica e poi si trova a soli 20 km dal nostro piccolo paese per cui basta prendere un pulmino per fare arrivare le ragazze in azienda.<< Leonardo si preoccupa del loro passato e le chiede>>. Siete mai state in questo albergo per lavoro?< Irina lo conosce bene.> No è un albergo molto elegante e non si permette di fare entrare le Escort. <<Leonardo deve andare via perché la moglie lo stava cercando>>. Allora restiamo di intesa che domani partiamo, il taxi passerà a prendermi dalla fabbrica in modo che mia moglie non vi vede, voi ne prendete un altro e ci vediamo in aeroporto.<< Quando lascia la villa io mi occupo delle ragazze, dei loro vestiti e la biancheria intima>>. Questa sera usciamo e andiamo a fare shopping in un grosso centro commerciale. <<Elena è preoccupata di quello che penserà il Boss non vedendole arrivare al suo locale.>> Ragazze vi ripeto un'altra volta che Io e Leonardo non abbiamo lasciato generalità, era la prima volta che entravamo in quel locale per cui metterà al posto vostro due altre ragazze e poi quando domani si vedrà arrivare il fax con i vostri biglietti aerei si dimenticherà di voi, ha guadagnato abbastanza sul vostro lavoro e adesso può andare a fare in culo per sempre.

Andiamo Elena e Irina, comprate tutto il necessario dall'intimo ai vestiti, scarpe e borse, poi due valigie di cui una come bagaglio a mano. <<Arrivati io le lascio libere di fare le loro compere dandogli la mia carta di credito.>> Dopo due ore di acquisti ci fermiamo a cenare in uno dei tanti punti ristoro.<< Si leggeva sui loro volti una grande felicità ed Elena commossa mi dice>>. Luciano è la prima volta nella nostra vita che facciamo shopping senza badare a spesa e sentirci libere, grazie per quello che fai per noi. <<Io avevo tanta voglia di scoparle tutte e due e loro lo avevano capito.>> Tornati alla villa e finito di sistemare la loro roba ceniamo con quello che avevo in frigo. Le ragazze esagerano nel bere vino bianco e sfacciatamente Elena mi dice che desiderano tutte e due fare l'amore con me. Erano eccitate al punto giusto e trascorriamo un'altra notte con un rapporto a tre intrigante. A turno mi fanno impazzire di piacere con le loro bocche succhiandomi il pene con dolcezza, dopo le scopo una per volta. Hanno diversi orgasmi e per finire mi concedono di avere la mia erezione nelle loro bocche. La serata si conclude con una doccia insieme e dopo ci addormentiamo nel mio letto.<< Il mattino dopo prima di lasciare la villa per andare in azienda invito le ragazze a preparare le loro valigie e di non dimenticare i passaporti>> Arrivato in fabbrica avviso i miei stretti collaboratori della mia partenza e di seguire bene il lavoro durante la mia assenza. Intanto anche Leonardo ha il suo bel da fare con i suoi capi e con la moglie e il figlio che insiste a voler dirigere la fabbrica in Bulgaria se tutto va secondo i progetti del padre. Alle 13 in punto ci ritroviamo tutti in aeroporto. <<Irina sorridendo si rivolge a Leonardo>>. Sai ieri Luciano ci ha portato in un grosso centro commerciale e abbiamo comprato tutto quello che ci mancava. Si lo so e mi dispiace se ieri sera non ho dormito con te.< Lei gli fa capire che lo desiderava tanto e gli da un bacio sulle labbra>>. Io la prima cosa che faccio è di inviare il fax al boss con delle parole delle ragazze.<< Carissimo Boss noi abbiamo deciso di ritornare in Bulgaria addio e grazie per l'aiuto che ci hai dato in Italia>> Passati i controlli e imbarcate le valigie arriva il momento di partire e i nostri posti sono riservati. Io con Elena, Irina e Leonardo, ormai le coppie si erano formate ma solo per scopare senza alcun legame.<< Durante il volo mi viene voglia di provare l'emozione di fare sesso sull'aereo, Elena ci sta e ci chiudiamo nella toilette.>> Usciti noi entrano Leonardo e Irina.<< Le hostess di bordo fanno finta di non vedere>>. Atterriamo in orario a Sofia e dopo i controlli ritiriamo i nostri bagagli e all'uscita prendiamo un taxi per Plovdiv. La super strada è molto scorrevole e dopo un'ora e mezza siamo nella hall dell'albergo per prendere possesso delle camere prenotate. Lascio la mia carta di credito a garanzia e prima di salire con l'ascensore una persona chiede di parlare con me.<Scusate siete Italiani?> Io gli rispondo di si e lui continua. Mi chiamo Andrei e ho un appartamento arredato con mobili Italiani, nel bagno c'è il bidè e la doccia idromassaggio, l'affitto è la metà del prezzo che pagate per una camera di albergo, se vi interessa questo è il mio numero di telefono.<< Io sono sorpreso e gli chiedo come mai parlava cosi bene la nostra lingua>>. <Lui risponde contento>. Fino all'anno scorso in estate lavoravo a Venezia in un albergo da maggio a settembre poi a causa dell'euro i titolari hanno chiuso. Sono sposato con una infermiera e ho un bambino di 4 anni. Va bene Andrei ne parlo con il mio amico e ti faccio sapere, noi stiamo cercando una struttura di almeno 6.000 metri per fare due industrie.<Lui appena sente la mia necessità e si propone.> Se vi serve aiuto conosco bene Plovdiv e posso presentarvi ad una agenzia che si occupa di questo. Ok Andrei ci vediamo domani mattina dopo colazione nella hall adesso i miei amici mi aspettano in camera, mi ha fatto molto piacere conoscerti, e ti ringrazio per la tua disponibilità. <<Quando raggiungo le camere ne parlo a Leonardo e gli racconto tutto.>> Luciano di questa persona mi interessa sia il suo bel appartamento che la sua collaborazione, domani dopo colazione me lo presenti. Adesso ci cambiamo e scendiamo a cenare nel ristorante. Restiamo ognuno nella propria camera per mezz'ora e dopo scendiamo nella hall, Elena chiede dove era il ristorante e un addetto ci accompagna. La struttura è molto elegante e dagli antipasti di verdure grigliate preparate molto bene su di un carrello abbiamo la sensazione di mangiare bene. Una volta seduti al tavolo per quattro vediamo il menu scritto in Ciriaco e in Inglese. Ragazze voi che siete del posto consigliateci bene.< Irina legge il menu, lo traduce per noi e scegliamo le pietanze cucinate anche in Italia.> Elena vede la lista dei vini e ne ordina una bottiglia. Iniziamo con un brindisi alla nostra amicizia.<< Le ragazze sono abituate a bere alcolici, io e Leonardo beviamo acqua minerale>>. Concludiamo la cena con un dessert e dopo decidiamo di andare a giocare alla roulette elettronica e alle slot nel locale difronte all'albergo. Il personale è formato da bellissime ragazze giovani che ci invitano a sederci e ci inseriscono un credito di 200 leva testa. Diamo dei soldi a Elena e Irina per giocare alle Slot, cosi non si annoiano. Dopo un'ora di gioco vinciamo 4 mila leva e chiamiamo una ragazza per essere pagati. Regaliamo mille leva a testa alle nostre ragazze che intanto avevano perso alle slot. Ritorniamo in camera, e questa volta ce le scambiamo io scopo con Irina e Leonardo con Elena.<< Quando mi preparo per farmi la doccia Irina mi dice il perché loro due desiderano avere con noi un rapporto libero>>. Abbiamo capito che siete due persone che amano la libertà e la routine sentimentale non fa per voi anche se Leonardo è sposato. Io e Elena vi accettiamo cosi per non rovinare l'amicizia che è nata fra di noi e continueremo a essere sempre disponibili in tutto. Irina apprezzo molto il tuo pensiero e lo condivido, penso che anche Elena stia dicendo la stessa cosa a Leonardo. Entro nella doccia, lei mi segue e iniziamo i preliminari versandoci sui corpi il bagnoschiuma e con le mani ci tocchiamo con piacere le parti intime a lungo e   con delicatezza. Sotto l'acqua calda che scorre ci baciamo giocando con le nostre lingue e quanto siamo al limite dell'eccitamento lei si concede totalmente.<< Abbiamo un orgasmo insieme e usciamo dalla doccia per asciugarci>>. Stanchi e appagati ci addormentiamo. Il mattino dopo con molta calma ci prepariamo per la colazione, le ragazze sono elegantemente vestite e la loro bellezza fa il resto, anche io e Leonardo siamo perfetti e una volta pronti scendiamo al 1 piano dove una gentile ragazza ci indica il tavolo preparato con una rosa rossa al centro. Il buffet è ben assortito di tutto e non ci sembrava vero che stavamo in una città dell'Est. Dopo aver finito ci rechiamo alla uscita e ci viene incontro l'amico Andrei che si presenta a tutti, dopo ci invita a salire sulla sua auto e come accordi presi ci accompagna in una agenzia immobiliare. I titolari sono gentilissimi e ci fanno vedere molte foto di capannoni industriali ristrutturati con le nuove norme di sicurezza. Noi ne scegliamo due di 3.000 metri ubicati nello stesso posto con un cancello di ingresso comune e la postazione per un guardiano ben attrezzata con telefono e video sorveglianza. Inoltre ci sono due spazi di 1000 metri sia all'ingresso che dietro ai capannoni per entrare e uscire con i camion. Ci chiedono 3.500 euro al mese luce e acqua esclusi e una assicurazione obbligatoria per un eventuale furto e incendio. Io chiedo gentilmente di portarci nella zona e visitare il complesso. Andiamo tutti con due auto e arrivati restiamo a bocca aperta, era veramente quello che desideravamo, c'era un bell'ingresso con reception a una palazzina uffici. Le camere erano tre più un grande salone per riunioni. Due bagni ben rifiniti e dalla vetrata dell'ufficio si vedeva tutta la parte produttiva munita anche di bagni per uomini e donne.

Anche le ragazze sono contente e ringraziano l'amico Andrei dell'aiuto, certamente senza la sua conoscenza si sarebbe perso tempo a trovare da soli un posto cosi bello e pronto come quello visitato. Torniamo in sede e il titolare della agenzia ci spiega come vengono fatti i contratti. <<Mentre lui parla Andrei traduce>>. Signori se siete intenzionati a prendere in affitto il complesso il totale dell'investimento è tre mesi di anticipo e come vi ho detto prima, una assicurazione, pensateci bene e quando decidete noi vi aspettiamo.<<Leonardo ha qualcosa da dire e invita Andrei di tradurre.>> Naturalmente per fare il contratto c'è bisogno prima di fare una società in Bulgaria e tutto il resto, noi siamo venuti per renderci conto e dovete darci il tempo per pensarci e definire.<< Il titolare dell'agenzia prende la parola.>> Se volete la sicurezza di avere questo complesso prima che lo diamo in affitto ad altri mi lasciate una cauzione di 5.000 euro. Se cambiate programma vi restituiamo i soldi.<< Leonardo mi chiede cosa ne pensavo>>. Io direi di ritornare domani con una risposta definitiva, intanto oggi ci pensiamo bene. Abbiamo anche un'altra nostra necessità per i nostri tecnici Italiani di 4 appartamenti arredati possibilmente nello stesso stabile. <<L'agenzia mi risponde he non ci sono problemi.>> Signori abbiamo un complesso completato da pochi mesi e gli appartamenti sono di 100 metri quadri con cucina bagno salone e due camera da letto e la tv con parabola satellitare. Tutti e quatto vi costano 1000 euro al mese. Quindi 250 euro compreso condominio gas e luce. La ringraziamo per la cortesia e ritorneremo nel primo pomeriggio per vedere questi appartamenti.<< Quando lasciamo l'agenzia le ragazze ci consigliano di fare una visita alla loro città e Andrei con cortesia e gentilezza accetta di portarci.>> <Durante il tragitto ci dice.> Si trova a 20 km, la popolazione è cattolica e devo dirvi che al contrario degli uomini le ragazze sono molto più intelligenti e portate per il lavoro. <<Io gli confermo che sapevamo già queste cose e gli chiedo.>> Andrei quando torniamo in città ci devi fare conoscere un Avvocato un Notaio, un Consulente del lavoro e un bravo Commercialista. <<Lui non ha problemi>>. Conosco tutti e devo dirvi che costano pochissimo, non è come l'Italia, sono l'ultima vostra preoccupazione.<<Poco prima di arrivare notiamo molti capannoni in uno stato di abbandono e chiediamo ad Andrei il perché>>. Amici miei quando c'era il comunismo erano fabbriche ma dopo le aziende sono tutte fallite, abbiamo passato 15 anni di vera crisi, per fortuna mia moglie lavora in ospedale ed io con l'affitto dell'appartamento riesco ad andare avanti.<< Io gli assicuro un lavoro.>> Andrei ti prometto che una volta trasferiti nel complesso che abbiamo visitato ti assumiamo in portineria cosi siamo sicuri di avere un uomo di fiducia.<< Finalmente arriviamo nella cittadina e le ragazze desiderano andare a trovare le loro amiche di lavoro nella fabbrica di abiti da sposa>>. Noi intanto facciamo un giro per vedere le bellezze delle tante chiese presenti. Dopo un'ora Elena e Irina ritornano con tanti di numeri di telefono delle amiche alle quali avevano parlato di un eventuale nuovo lavoro a Plovdiv.<< Io le chiedo come avevano reagito>>. <<Elena mi risponde. Nessuna di loro è contenta di come sono trattate e se veramente hanno la possibilità di lavorare per una fabbrica Italiana ci verrebbero subito, inoltre ci sono tante altre giovani ragazze brave in attesa di una qualsiasi occupazione. <Irina si è commossa a rivedere le sue amiche e vorrebbe che lavorassero insieme>.

<<Io e Leonardo siamo contenti che non ci saranno problemi per la mano d'opera ed è già un gran passo in avanti, adesso è importante conoscere tutti i dettagli fiscali e si ritorna in città>>. Allora Andrei quanto tempo hai bisogno per farci parlare con queste persone che tu conosci? Lui mi risponde che deve prendere appuntamento e che certamente il giorno dopo potremmo avere tutte le notizie definitive compresi i costi per avviare le due società e quelli delle paghe ai lavoratori e le tasse da pagare, ma penso che in linea di massima questo lo sapete già altrimenti non venivate in Bulgaria per fare un viaggio a vuoto.<< Andrei vuoi pranzare con noi?>> No ragazzi mia moglie mi aspetta a casa, se mai ci vediamo dopo nel pomeriggio per mostrarvi il mio appartamento. Ok allora ci vediamo alle 16 nella hall e grazie per la tua disponibilità. <<Leonardo è contento di aver

conosciuto Andrei.>> Veramente un colpo di fortuna, spero che l'appartamento sia come lo ha descritto e sarebbe una buona soluzione per quando mia moglie e mio figlio Mirko seguiranno l'azienda. Leonardo io prenderò uno dei quattro appartamenti di cui ci ha parlato l'agenzia il prezzo è veramente vantaggioso e sono curioso di vedere la zona e come sono rifiniti. Andremo dopo pranzo alle 14,30 come accordi presi con l'agenzia. Difronte all'albergo c'è un grande Fast Food frequentato da molti giovani e belle ragazze che indossano dei jeans a vita bassa, ma talmente bassa da coprire solo la loro fighetta depilata.<< Siamo nel mese di giugno e ci sediamo fuori>> E' una bellissima zona centrale e da come avevo capito da Andrei il suo appartamento si trovava alla fine della strada dopo una Banca che non aveva come in Italia nessuna guardia giurata all'ingresso. Un segno di civiltà a poco più di un'ora di vola dalla nostra Italia. Ordiniamo varie insalate miste e delle pizze, le ragazze preferiscono vino bianco e io e Leonardo delle birre. Alle fine paghiamo pochi leva e ci avviamo con un taxi alla agenzia per vedere gli appartamenti. E' un quartiere nuovo realizzato da una impresa Italiana, c'è un cancello all'ingresso con degli addetti che controllano chi entra e chi esce, e questo ci rassicura. Gli appartamenti sono due al primo piano e due al terzo. Entrati restiamo senza parole, il pavimento è in parquet ed è tutto arredato con mobili Italiani. Il bagno ha una doccia con idromassaggio e c'è anche il bidè che nelle case come quelle francesi non esiste. La cucina è ben attrezzata con tutte le necessità e i balconi molto ampi.<< Leonardo mi chiede se sono contento>> Cazzo staranno bene i nostri tecnici, io prendo uno per me al primo e l'altro per Elena e Irina. Al secondo piano staranno i 4 tecnici due per ogni appartamento.< Ok signor Dimitri possiamo andare e ci vediamo domani per definire il tutto>>. Le ragazze sono contente di poter stare insieme nell'appartamento ed essere libere di vivere secondo la loro mentalità. Ritorniamo con un taxi in albergo e nella hall incontriamo l'amico Andrei per andare a vedere il suo appartamento. Per aprire il portone utilizza una tessera magnetica, cosa nuova per noi, e saliamo al primo piano. E' una vera suite, molto elegante ed arredata alla nostra maniera. Leonardo è contento. Andrei mi piace molto e certamente ci accorderemo sul prezzo. Intanto lui aveva preso appuntamento con un grande studio associato dove c'erano un Avvocato, un Commercialista e un Consulente del lavoro. Il primo a farci accomodare è l'avvocato per darci tutte le informazioni su come formare una SRL in

Bulgaria,<Andrei traduce>. Signori benvenuti, la vostra decisione di formare due SRL in Bulgaria è un ottima scelta viste le condizioni molte favorevoli che ci sono. A differenza Dell'Italia i nostri costi sono molto bassi e comprendono l'insieme delle pratiche che si dovranno sbrigare per poter ottenere l'iscrizione nel Registro e iniziare cosi ad operare sul territorio legalmente. La domanda deve essere rigorosamente in lingua Bulgara al Registro Commerciale ed entro 14 giorni si ottiene la risposta che è solitamente positiva, e la dovete fare prima di tornare in Italia. <<Secondo passaggio>>. Un notaio deve redigere un atto costitutivo e uno statuto avendo ben chiaro i nomi delle società, le sedi legali e produttive. Inoltre le generalità dei o del socio amministratore, nonché l'oggetto sociale con l'attività che si intende esercitare. Aprire i conti correnti Bancari che ospiteranno le somme che avete scelto per garanzia del capitale sociale. La Banca vi rilascerà un certificato che attesta i versamenti dei capitali sociali che saranno allegati alle domande di iscrizioni. Il capitale sociale di ognuna azienda va ripartito in quote il cui valore nominale dovrà essere riportato sull'atto costitutivo della società e sulla base del quale si determinerà il peso delle decisioni in assemblea. Le sedi della due società devono essere stabilite necessariamente sul territorio Bulgaro. Adesso se avete delle domanda da fare vi ascolto.< Io gli chiedo.> Avvocato una volta che noi facciamo la domanda per le società, tutto il resto lo potete portare avanti voi mentre noi ci organizziamo in Italia? <<L'avvocato risponde positivamente>> Il nostro studio associato è in grado di assistervi prima e durante la vostra definitiva attività in Bulgaria, nel mio studio c'è anche un bravo commercialista e un consulente del lavoro. nostri costi fra commercialista. Una volta che ci avete firmato le domande ci pensiamo noi fare tutto. <<Leonardo ha il problema della moglie e il figlio che sono in Italia e chiede come fare per accelerare i tempi.>> L'avvocato ci risolve questa difficoltà. Invierò via mail la domanda e dopo averla fatta firmare me la rimandate, mentre per l'altra società l'amministratore unico è presente e non ci sono problemi. Quando tutta la documentazione sarà pronta tornerete in Bulgaria per completare le prassi del notaio e la banca. Signori spero di essere stato chiaro, adesso vi faccio parlare con il commercialista che seguirà la vostra contabilità e il Consulente del lavoro che si occuperà degli operai e vi dirà i costi degli stipendi e i loro diritti e doveri. <<Conosciamo i due e dopo averci esposto i vantaggi fiscali il consulente conclude con un sua cosa positiva>>. Signori, un operaio lo potete licenziare con preavviso di un mese, in Italia si fa prima a separarsi con la moglie e non con un dipendente.<< Ringraziamo tutti e lasciamo i loro uffici per ritornare in albergo soddisfatti>. Con Andrei ci diamo appuntamento la sera per andare tutti insieme a cenare in un posto molto caratteristico che lui conosceva. <<Rientriamo con le ragazze in camera per fare una doccia rilassante>>. Mentre Elena si chiude in bagno io telefono in azienda per sentire se c'erano delle novità e immagino che la stessa cosa abbia fatto Leonardo. Quando Elena ha finito e una volta pronti per uscire aspettiamo nel bar della Hall Leonardo e Irina che non tardano ad arrivare elegantemente vestiti come lo eravamo noi. <<Prendiamo un aperitivo e Leonardo si rivolge a Elena ed Irina per parlare del nostro rientro in Italia>> . Ragazze io ho una moglie molto gelosa e devo giustificare la vostra presenza a Bergamo. Ho pensato di dirle che sia dovuta al fatto che dovete imparare come si confezionano i jeans e le camice che produce Luciano per poi insegnare in Bulgaria le altre ragazze. <<Elena e Irina sono molto intelligenti, comprendono il suo imbarazzo e condividono positivamente il suo discorso.>> In fondo Leonardo è la verità e noi ce la metteremo tutta per realizzare i vostri progetti. Grazie ragazze starete nella villa di Luciano fino a quando non saremo pronti per il trasferimento, prenderete un ottimo stipendio vitto alloggio e tutto quello che desiderate.< Intanto arriva Andrei e andiamo a cenare in questo tipico locale gestito da una famiglia turca.> All'interno ci sono già tantissime persone sedute ai tavoli che cenano con dei cibi posati su un pezzo enorme di legno e contenente vari tanti tipi di carne cucinate in vario modo, formaggi, salumi insalate, focacce e pane particolare. Si beve birra e vino in abbondanza. Al centro della grande struttura c'è una pista dove si balla con musiche scelte da un giovane ragazzo deejay. I camerieri sono vestiti in modo tipico turco e ci fanno sedere ad un dei tanti tavoli liberi. Andrei che conosce il posto si prende l'onere di scegliere cosa ordinare da mangiare e io e Leonardo pur di provare cose nuove lo assecondiamo. In attesa delle portate balliamo con le nostre ragazze stringendole forti e baciandole ignorando le persone presenti che ci guardano con ammirazione. Trascorriamo una bellissima e divertente serata fino a mezzanotte. Andrei aveva avvisato sua moglie della nostra conoscenza e ci chiede di andare via. Cosi ci lascia in albergo e ci diamo appuntamento il giorno dopo. Elena e Irina non si sono limitate nel bere e sono eccitatissime e vogliose di scopare. Io e Leonardo le accontentiamo e loro ci regalano un'altra notte di sesso particolarmente speciale. Il fatto che sopportano l'alcol le provoca una grande eccitazione sessuale e si lasciano fare tutto quello che io e il mio amico desideriamo in modo hard. Oltre all' inevitabile scambio a turno le penetriamo io nella figa e Leonardo da dietro facendole godere ed avere tanti orgasmi. Il mattino dopo dovevamo ritornare dall'agenzia e dargli l'acconto per bloccare il contratto dei capannoni e gli appartamenti, Andrei era già nella hall. Riusciamo a fare colazione tutti insieme in albergo.<< Ci rechiamo in Agenzia concludiamo il tutto come accordi presi>>, Avevamo i biglietti aerei per la partenza da Sofia nel pomeriggio alle19,5 con scalo a Roma e con arrivo a Milano Malpensa alle 22,10. Era l'unica possibilità di volo che avevo trovato su internet ed era per Leonardo un'altra occasione per scopare con le ragazze in albergo. Le valigie erano pronte e una volta pagato l'albergo Andrei ci accompagna per pranzare insieme in un altro ristorante molto particolare ed elegante. La sua specialità era il pesce e nella sala non si sentiva nessun odore perché era tenuto in vista dietro una vetrata. Dopo aver preso posto alla tavola il cameriere ci invita a scegliere la qualità che desideravamo mangiare cucinato in vari modi. Io non avevo mai visto in Italia un ristorante cosi organizzato e pulito. Ognuno sceglie quello che desidera mangiare e mentre eravamo intendi a ritornare e sederci Andrei ascolta due uomini che parlano fra di loro delle ragazze. Le avevano riconosciute e visto delle sere nel locale con altri clienti che dopo cena se le scopavano in albergo. <<A questo punto si sente in dovere di riferire il tutto a me e Leonardo.>> Le ragazze in effetti sono già state con dei clienti in quel ristorante e notano sui nostri volti un nostro imbarazzo, dopo ci vedono parlare con Andrei e ci chiedono spiegazioni in merito.<< Io e Leonardo troviamo una scusa>>. Ragazze veramente l'ambiente non è di nostro gradimento e poi non ci fidiamo della qualità di questo pesce e desideriamo cambiare ristorante.<< Elena e Irina contente accettano volentieri di andare via.>> Il tempo a nostra disposizione prima della partenza era sufficiente per pranzare con tutta calma in un altro posto meno elegante ma riservato.<<Non una parola durante il pranzo da parte delle ragazze, forse si sentivano un pò umiliate per l'accaduto.>> Io e Leonardo le abbracciamo e le baciamo con affetto. <<Sorridono e brindiamo al successo della visita in Bulgaria>>. Facciamo tutto con molta calma considerando che con la macchina di Andrei dovevamo raggiungere l'aeroporto un'ora prima.<< Durante il tragitto lo ringraziamo tantissimo per la sua utilissima disponibilità e gli confermiamo il lavoro nella nuova azienda>>. Lui è contento di avere contatti con amici Italiani e una volta arrivati ci saluta abbracciandoci con affetto. I soliti controlli e all'ora stabilita ci imbarchiamo per Roma soddisfatti di quello che avevamo visto e concluso provvisoriamente. Dopo due ore e 5 minuti siamo a Roma e attendiamo l'imbarco per Milano Malpensa.<< Le ragazze fanno shopping nei negozi dell'aeroporto di Fiumicino>>. Arriva l'ora del volo e ci imbarchiamo. Durante il viaggio Elena e Irina ci mostrano i loro intimo sex che avevano comprato con la promessa di indossarli una volta arrivate in albergo per farci eccitare prima di fare l'amore. Arrivati e presi i bagagli ci rechiamo in un grande ed elegante albergo vicino all'aeroporto Non c'erano camere matrimoniali e prendiamo una suite.<< Ordiniamo la cena in camera>>. Dopo le ragazze si chiudono in uno dei bagni, indossano gli intimi e quando escono ci regalano uno dei loro numeri che facevano nel locali ballavano la pole dance in modo sex. Io e Leonardo cominciamo a spogliarci, i nostri peni sono eccitatissimi e dopo la loro performance le spogliamo nude e le scopiamo sempre come desiderano loro senza limiti e trascorriamo una notte da ricordare. Stanchi ci chiudiamo ognuno nella propria camera addormentandoci fino alle nove del mattino. Le ragazze si erano già fatte la doccia e si preparavano per la colazione. Io e Leonardo avevamo avuto due erezioni a testa mai accaduto in precedenti rapporti. Ci prepariamo anche noi e scendiamo per fare la colazione. Paghiamo l'albergo e l'unico modo che avevamo per ritornare era prendere un taxi che ci porta a Bergamo. Lascia prima me e le ragazze vicino al cancello della villa e dopo accompagna Leonardo a casa sua. Le ragazze provvedono a svuotare le loro valigie e mettere i vestiti nei loro armadi ed io esco per fare una visita in Azienda e controllare se tutto era andato bene in mia assenza. La mia scrivania piena di corrispondenza ma non ho nessuna voglia di leggere niente. Lascio tutto e penso di andare a casa di Leonardo sicuro di trovarlo a discutere con la moglie e il figlio di quello che avevamo concluso. Quando entro in casa sono accolto con simpatia e mi fanno accomodare sul divano per continuare il discorso iniziato e quasi finito da Leonardo che conclude. Arriverà una mail dall'avvocato con una domanda scritta in Bulgaro che riguarda la richiesta per l'iscrizione nel registro delle imprese, devi firmarla tu e Mirko e dopo la invierò a lui. Dopo 14 giorni avremo l'approvazione sicura a poter operare legalmente a Plovdiv.<< Chiedo alla moglie un parere>> Lei è sempre stata prudente nelle decisioni ma in questo caso si dimostra favorevole. Luciano io sono sicura che in Italia le cose peggioreranno sempre di più, già la più grande ditta Inglese che forniamo da anni ci ha chiesto il 20 per cento di sconto sul listino per via dell'Euro e non è la sola anche la Francia, la Germania il Belgio, la Spagna e il Portogallo vogliono un ritocco, non parliamo poi delle Banche che ci stanno controllando anche i blocchetti di assegni che prendiamo.<< Il figlio Mirko prende la parola>>. Io desidero avere una attività tutta mia e forse è arrivato il momento di formare questa società in Bulgaria, pertanto sono pronto a lasciare l'Italia. Leonardo conosce bene il figlio e non lo ritiene capace ma la madre ha un debole per lui e lo spalleggia tanto da convincere il marito a dargli una chance. Va bene Rosa ma penso sia opportuno vendere la nostra fabbrica con tutta la mano d'opera e il pacchetto clienti tranne i due più importanti e comprare nuovi macchinari a leasing per la nuova fabbrica e fare una SRL. La chiameremo F.T.I. e tu ne sarai l'amministratrice intanto che Mirko maturi. Per quanto riguarda me ho la maggioranza di questa società Italiana, cercherò di venderla pagare tutti gli operai e cercare di rientrare con le due banche, poi vi raggiungo. Porterete con voi i nostri quattro tecnici più bravi e avranno la possibilità di venire il Italia una volta al mese per vedere le loro famiglie.<< La moglie si rivolge a me per chiedermi cosa dovevo fare io e le rispondo con certezza>>. Io con le Banche non sono messo male, posso anche trasferirmi fra due mesi, le mie attrezzature sono solo macchine per cucire e tavoli per il taglio e stiratura, con un camion riesco a portare tutto. Ho convinto due ragazze dell'Est che parlano Italiane e Inglese a venire in Italia per fare esperienza per poi insegnare altre operaie in

Bulgaria.<< La moglie fa una faccia strana e si rivolge al marito.>> Leonardo perché non mi hai parlato di queste due ragazze straniere vorrei proprio conoscerle. Rosa sono alla villa di Luciano, lui non è sposato ed è libero di fare le sue scelte, per me ha fatto una cosa molto intelligente visto che la sua attività è diversa dalla nostra. A noi sono le macchine che fanno il lavoro più importante a lui invece serve più mano d'opera specializzata nel cucito.<<Una volta convinta la moglie conclude serena sempre con la sigaretta in bocca accesa.>> Leonardo che dirti datti da fare a trovare chi si compra questa azienda e intanto pensiamo alla nuova società.<<Io li lascio li saluto e torno alla villa>>. Le ragazze aspettavano me per cenare e ordino delle pizze e delle birre.<< Elena mi chiede come era andata>>. La moglie di Leonardo è una donna tosta a convincersi e sembra che ci siamo riusciti.

Leonardo venderà la sua azienda in Italia e lei con il figlio Mirko inizieranno a produrre fra due mesi come farò io. Ragazze come avete già ascoltato a Plovdiv starete con me in azienda e imparerete a cucire i jeans e le camicie per dopo insegnare le vostre amiche. < Luciano vedrai che impareremo presto, adesso siamo stanche per questo viaggio dopo cena ci riposiamo per essere attive e lucide domani sul lavoro va bene? Ok ragazze stasera niente sesso e tutti a dormire. Il mattino dopo quando le presento ai miei collaboratori in azienda tutti gli occhi dei dipendenti sono fissati sulle ragazze e cerco di inventarmi qualcosa da dire. Ascoltatemi, vi presento Elena e Irina, sono Bulgare e devono imparare il mestiere, pertanto staranno con noi e voi dovete aiutarle fino a quando non avranno capito perfettamente tutte le operazioni che si svolgono per tagliare, cucire e stirare un jeans e una camicia. Parlano bene l'italiano e Inglese, cercate di essere delle loro amiche, Francesca la più esperta li seguirà in questa loro esperienza, buon lavoro a tutti. Elena e Irina naturalmente si sentono impacciate, ma la signora che le ha preso in consegna è molto gentile e li mette a loro agio.<< Durante la pausa pranzo nella mensa riescono a fare amicizia anche con altre ragazze che le incoraggiano>>. In ufficio intanto le mie segretarie non fanno altro che parlare della bellezza delle due ragazze e si chiedono come le ho conosciute. Io le lascio pettegolare e mi chiudo nel mio ufficio per pensare a come fare per formare una nuova società con un nome internazionale, cosi navigo alla ricerca su internet.<< Intanto mi telefona Leonardo.>> Ciao Luciano le ragazze hanno preso lavoro? Ma certo le ho affidate a Francesca e sai quanto è esperta. Mia moglie Rosa desidera conoscerle, puoi portarle a cena stasera a casa mia? Che faccio dico di no alla signora? Va bene ci vediamo alle 20 e speriamo che non si metta in testa idee strane su di loro perché sono giovane e belle. Ok ci vediamo stasera a casa tua. La giornata trascorre velocemente e una volta nella villa avviso le ragazze che si va a cena in casa di Leonardo.<< Luciano che tipo di donna è la signora>>? Ragazze è gentile, non è una gran bella donna e ha il vizio di fumare troppo. Economicamente ha dato il suo aiuto a Leonardo per realizzare la loro Azienda.<< Ma non hanno figli?>> Si hanno un figlio di 25 anni al quale se tutto va bene affideranno inizialmente la conduzione della nuova società insieme alla madre. Preparatevi e vestitevi elegantemente. <<Intanto in casa di Leonardo si fanno i preparativi per la cena ed è presente anche la moglie del figlio Sara che dice la sua prima cretinata>>. Voglio proprio vedere come sono queste due ragazze dell'Est, certo non belle come noi italiane. <<Leonardo la lascia parlare, non la mai sopportata e non si rende conto come abbia fatto il figlio ad innamorarsi di lei per altro più grande di lui di tre anni.>> Continua ancora a dire cazzate contro le ragazze dell'est.<< So con certezza che molte di loro vengono in Italia con la scusa di fare le badanti ed invece fanno le prostitute>>. A quel punto Leonardo non ne può più e le risponde a tono. Ascolta adesso hai rotto i coglioni con le tue illazioni stupide, prostitute Italiane nelle strade ce ne sono tante e non solo, esiste anche una prostituzione occulta esercitata da molte donne e ragazze insospettabili che lo fanno di nascosto dai mariti. Finiscila e aiuta mia moglie ad apparecchiare la tavola.<< Il figlio come suo solito non parla e negli ultimi tempi il suo rapporto matrimoniale non funziona tanto bene>>. Leonardo coglie il momento meno adatto per dare un impegno al figlio. Mirko devi partire per Londra Sabato sera e incontrare i titolari della società che ci hanno chiesto di ridurre il listino, li devi convincere che saremo in grado di farlo nel momento in cui inizieremo a produrre in Bulgaria.<<Lui è contento di stare qualche giorno lontano dalla moglie e gli chiede con chi deve andare delle ragazze che parlano inglese.>> Andrai con Ilaria, pertanto non combinare casini e torna vincente con delle notizie positive.<< Alle 20 in punto io sono a casa loro e li presento le ragazze.>> Lui è il mio amico Leonardo che avete già conosciuto, sua moglie Rosa, suo figlio Mirko e la moglie Sara con la loro piccola Rachele di un anno.<< Tutti sono meravigliati della loro bellezza>> Ma sul brutto viso di Sara si legge chiaramente una espressione di invidia verso le due ospiti e falsamente cerca di essere gentile. Mentre Rosa da donna navigata rosica dentro di se e le fa accomodare. Non immaginava che fossero cosi giovani e belle, le fa i complimenti e le offre una sigaretta.<< Le ragazze le dicono che non hanno mai fumato>>. Ma siete tutte cosi belle in Bulgaria?<< Elena le risponde con intelligenza>>. Signora anche sua nuora è una bella ragazza come del resto tante Italiane, tutto il mondo è paese e anche da noi ci sono le grasse le magre e le meno belle.<< Irina la prende per i fondelli.>> Anche lei alla sua età è una bella donna e suo marito è un uomo fortunato, siete una bella coppia. Io e Leonardo ci guardiamo in faccia e a stento non ridiamo sul come le ragazze le stanno prendendo in giro con un certo garbo.<< Mirko non stacca gli occhi dalle ragazze durante la cena e la moglie Sara fa finta di non vedere, ma è gelosa e fa di tutto per farsi notare sparando cazzate una dietro l'altra.>> Credo che mio marito si farà gli occhi con tutte le belle ragazze che ci sono in Bulgaria, spero che non si faccia sedurre da una di loro altrimenti prendo una drastica decisione.<< C'è un attimo di silenzio e dopo prende la parola la moglie di Leonardo.>> Sara ci sarò io con mio figlio e stai tranquilla che si comporterà bene, poi non si sa cosa ci riserva il destino, intanto pensa a crescere la bambina, ha solo un sei mesi e ha bisogno di tutte le tue attenzioni.<< Leonardo cambia discorso e si rivolge alle ragazze>> Allora come è andato il vostro primo giorno di lavoro?. La signora Francesca è veramente brava e siamo sicure di imparare in poco tempo, poi abbiamo fatto amicizia con tutte le altre ragazze e troviamo l'ambiente di lavoro molto affiatato e ben organizzato.<< La moglie Rosa le chiede se la cena è stata di loro gradimento>>. <Interviene Irina>. Complimenti signora lei cucina molto bene, è stato tutto perfetto grazie. Si conclude la serata con un dessert e un brindisi con una bottiglia di champagne che avevo portato io per l'occasione La serata è stata come prevedevo e io e le ragazze salutiamo tutti e andiamo via.<< In macchina Elena e Irina tirano un sospiro di sollievo>>. Luciano non vedevamo l'ora di andare via, la moglie del figlio è veramente una stupida eppure lui è un bel ragazzo, cosa ha trovato di bello in lei.< Io non so che dire.> Ma si ci sono tanti che si dividono e sono sicuro che Mirko una volta in Bulgaria sarà certamente oggetto del desiderio di molte belle ragazze. Arriva il giorno della partenza per Londra di Mirko e la segretaria Ilaria. Lei è una bellissima ragazza di 23 anni e ha sempre avuto un debole per il figlio del titolare, quale buona occasione trascorrere un weekend a Londra con lui e sedurlo? <<Leonardo parla al figlio in presenza della moglie>>. Mirko so che uno dei titolari vi ha prenotato due camere singole per due notti in un albergo vicino alla Azienda, stai attento a non cedere alle loro richieste immediate. Mi raccomando devi essere molto convincente sull'apertura della nuova attività in Bulgaria. L'aero parte da Bergamo alle 11,25 e arriva a Londra Stansted alle 13,32. Vi aspetta agli arrivi uno dei titolari che vi porterà nella sua azienda. Il ritorno è lunedi alle ore 13 e arriverete a Bergamo alle 15,55. Vi ho lasciato la domenica liberi per poter visitare Londra. <<Mirko e Ilaria salutano la moglie e la madre e Leonardo li accompagna in aeroporto>>. Una volta entrati nella sala di imbarco li saluta ancora una volta e i giovani restano da soli in attesa dell'imbarco.<< Lui inizia subito a corteggiarla>>. Ilaria sei contenta di fare questa esperienza di lavoro con me? <<Lei immagina che ci sta provando ed essendo attratta gli risponde son sincerità.>> Se non ero contenta non accettavo, c'era anche Loredana disposta a partire al posto mio, ma tuo padre stranamente ha insistito che fossi io ad accompagnarti. Mio padre è un uomo navigato e non ha mai gradito il fatto che ho sposato Sara, devo ammettere che aveva ragione perché se devo essere sincero non la sopporto più neanche io. Mirko forse state attraversando un momento particolare dopo la nascita della bambina e ti senti trascurato, ma in questo momento tua figlia ha la priorità di affetto. Ilaria non è solo questo è che non provo più amore per lei, ma adesso non ho voglia di parlare di queste cose stanno chiamando il nostro volo. << Saliti a bordo sono seduti vicino e una volta in rotta Ilaria gli fa delle domande>> Ma scusami io ero trasparente ogni volta che entravi in ufficio? Non ti degnavi di rivolgermi una sola parola e guardarmi i faccia, io invece ero felice quando ti vedevo e speravo che ti accorgessi di me. Hai sposato Sara perché la sua famiglia è benestante e penso che ti abbia convinto tua madre che è molto legata al denaro. Ilaria può anche essere come pensi tu e quando si ha una attività poter contare sull'aiuto dei parenti è importante, ma io ho sbagliato a sposarmi dovevo aspettare ancora e forse un giorno mi sarei fermato a parlare con te in ufficio e invitarti a cena. Mirko per fortuna dobbiamo cenare insieme a Londra per due sere prima della partenza e come vedi il destino ha voluto che facevamo insieme questo viaggio.<< Le due ore trascorrono con i loro discorsi sentimentali e il pilota annuncia che ha iniziato la manovra di avvicinamento all'aeroporto di Stansted>> Arrivati trovano agli arrivi un signore distinto con un cartello dove c'erano scritti i loro nomi. I ragazzi si presentano e salgono nella sua macchina. Durante il tragitto fa delle domande a Mirko e Ilaria le traduce perfettamente. Dopo mezz'ora arrivano alla sede della Società. L'auto scende direttamente in garage e di li con un ascensore salgono al settimo piano. L'ufficio è molto grande e accogliente e vengono invitati a sedere su delle poltrone. Le domande sono inerenti agli aumenti del listino e come gli aveva consigliato il padre Mirko gli parla della nuova azienda che sarà avviata in Bulgaria per abbassare i costi della mano d'opera ed essere in grado di praticargli lo sconto del 20 per cento richiesto. Il tutto viene tradotto da Ilaria. I titolari si convincono e accettano di aspettare il tempo che si realizzi in Bulgaria il programma della nuova produzione.<< Dopo l'incontro terminato favorevolmente dalle parti Mirko chiede scusa ad Ilaria, telefona al padre e gli racconta tutto>>. <<Il padre è contento e gli dice>>. Adesso non pensare a tua moglie, divertiti con Ilaria e se ci sta fatti una bella scopata, avete due notti da trascorrere insieme, ti sto rispondendo da solo stai tranquillo. Papà sei il solito, ma questa volta ti do ascolto perché la ragazza mi piace molto, ti faccio sapere quando torniamo ciao.<< Ilaria lo lascia parlare al telefono e dopo gli chiede>>. Tuo padre è contento di come sono andate le trattative? Si Ilaria e mi ha anche detto di non pensare ai problemi che ho con Sara e di trascorrere con te due serate speciali. Andiamo in albergo abbiamo due camere prenotate e pagate da loro.<< Prendono un taxi contenti per come è andato l'incontro e di essere in libertà in una bellissima città come Londra.>> Un vero regalo inaspettato per tutti e due. Arrivati in albergo sono accolti con cortesia e dopo aver consegnato i documenti hanno le chiavi delle camere vicine. Salgono in ascensore al terzo piano senza dire una sola parola ma guardandosi fissi negli occhi era evidente che si desideravano ma tutte e due aspettavano il momento giusto. Entrati in una delle camere sono presi da una attrazione fatale e si baciano con passione e tanto desiderio di fare l'amore. Mirko dimentica i suoi problemi e si lascia andare ad un rapporto sessuale molto speciale. Ilaria lo accontenta in tutte le sue richieste erotiche mai concesse dalla moglie Sara. Dopo due ore travolgenti si rilassano sul letto mano nella mano.<< A Mirko squilla il cellulare ed è Sara la moglie, per correttezza lascia la camera di Ilaria e va nella sua.>>Pronto dove ti trovi? Sara sono appena arrivato in albergo nella mia camera, penso che papà ti abbia detto come sono andate le cose.<< Lei è indispettita>>. Già invece di chiamare prima me che sono tua moglie, parli con tuo padre, e dimmi la signorina Ilaria dove sta in questo momento? << Lui si inventa una bugia>>. Sta in camera sua, e sta parlando con il suo ragazzo che l'ha cercata quando eravamo in riunione. Adesso cosa pensi di fare con lei stasera andare in discoteca e metterti a fare il deejay? Sara il sabato e la domenica sera noi non siamo mai stati insieme da quando ho iniziato ad andare nelle discoteche quindi fai finta che sto lavorando. Non fare la gelosa, più tardi la porto a cena e domani le farò visitare la città, Londra è stupenda e forse un giorno quando la bambina sarà più grande potremmo fare un viaggio insieme.<< Lei è poco convinta.>> Va bene ho capito buona notte e buon divertimento ci sentiamo domani se troverai il tempo e la voglia di telefonarmi.<< Quando chiude Mirko ha uno scatto di nervi.>> Ma vaffanculo sta stronza, maledetto il giorno che l'ho sposata, dopo cena mi faccio un'altra scopata con Ilaria..... e anche domani sera cazzo...... Torna nella camera di Ilaria per prendere i suoi vestiti. Hai parlato con tua moglie? Ilaria non la sopporto più e sai che ti dico preparati e andiamo a cenare in un ristorante italiano, ci vediamo fra mezz'ora.<< La reception gli consiglia dove andare e prendono un taxi>>. Londra di sera è romantica e i ragazzi si baciano come se si amassero da molto tempo. Il ristorante ha tutte belle ragazze italiane che servono ai tavoli e per loro è come sentirsi a casa. Il menù e ricco di pietanze della cucina mediterranea e cenano con gusto e tanta soddisfazione. Quando escono preferiscono camminare un po a piedi e vedere le bellezze della città con i palazzi tutti illuminati dal basso all'alto. Ilaria sa che a lui piace la musica. Mirko non sei tentato ad andare in discoteca e vedere come sono bravi i deejay Inglesi? No Ilaria preferisco prendere un taxi e tornare in albergo. Arrivati decidono di dormire in camera sua e rifare l'amore.<< Il mattino dopo durante la colazione lui ha un'altra chiamata dalla moglie e si allontana dalla tavola>>. Allora come avete trascorso la serata?<Lui è molto scocciato> Sara abbiamo cenato in albergo e dopo ognuno nella propria stanza, adesso stiamo facendo colazione e dopo andiamo nei grandi magazzini Harrods, al museo delle cere e poi continueremo a visitare tutta la città fino alla residenza della Regina, che dobbiamo fare secondo te restare tutto il giorno in albergo e aspettare la partenza di domani? Mirko non fare foto insieme a lei, sai come sono le ragazze in azienda che si dicono tutto, e a me darebbe molto fastidio. Sara lei sta fotografando con il suo cellulare ed io con il mio solo le bellezze della città e quando ritorno te le farò vedere, adesso non mi tenere tanto tempo al telefono per dire puttanate lasciami in pace in questa domenica ciao e dai un bacio alla bambina. Ok ciao non ti chiamo più e buona giornata. Ilaria comprende che la moglie lo assilla.<< Mirko ma fa sempre cosi quando sei fuori per lavoro?>> Lui è stanco: Ma si è una vera tragedia, pensa che quando l'ho conosciuta non sapeva baciare con la lingua, si è sempre rifiutata di avere rapporti anali e orali, per lei sono cose che fanno solo le puttane, io le avevo consigliato di andare da una sessuologa per capire che in amore tutto è permesso e di cambiare le sue idee sballate.<< Ilaria lo comprende e lo abbraccia>>. Hai notato come mi comporto io sessualmente, ti ho dato concesso di fare tutto quello che lei ti nega ma l'ho fatto con amore perché ti amo veramente. Lui la bacia sulle labbra e dopo chiamano un taxi e iniziano il loro tour di visite programmato per tutta la giornata. Quando sono stanchi tornano in albergo fanno una doccia ognuno nella propria stanza, si preparano e ritornano nello stesso ristorante per cenare per dopo finire la loro esperienza a Londra facendo l'amore un'altra volta in albergo. <<Il mattino dopo colazione fanno una bella passeggiata e due ore prima con un taxi in aeroporto per prepararsi alla partenza. <<Mirko approfitta per fare un po' di shopping e regalare un pensierino alla madre, a sua moglie e alla bambina.>> Anche Ilaria pensa a comprare dei regalini per le sue amiche di ufficio e i suoi genitori.<< Arriva l'ora dell'imbarco e si ritorna a Bergamo.>> Durante il viaggio lei poggia la testa sulle sue spalle e ripensa alla bella esperienza fatta insieme a Londra.<< L'aereo atterra alle 15, 55 e agli arrivi c'è il padre di Mirko ad aspettarli>. Ragazzi è andata tutto bene? Ilaria è contenta e lo ringrazia di aver scelto lei per questo impegno. Poi abbraccia il figlio che contento gli dice sottovoce. Papà è andata come mi avevi consigliato e devo dirti che mi sono innamorato di lei. Mirko non esagerare, è stata una bella esperienza per tutti e due, se poi anche lei si è innamorata veramente vedremo cosa vi riserva il destino, non una parola con tua madre ok? Papà è ovvio rimane un segreto fra te e me. Adesso lasciamo Ilaria a casa sua e ho pensato di farla riposare e riprendere servizio in ufficio domani mattina. Ma certamente figliolo te lo avrei consigliato anch'io.<< Tornati a casa Mirko abbraccia prima la madre e poi leggermente la moglie consegnando loro dei souvenir di Londra, poi prende in braccio la figlia e la fa giocare con un orsetto che le aveva preso.<< Intanto la moglie guarda tutti le foto scattate con il suo cellulare e non c'è una insieme alla ragazza>> Per lei è un sollievo, ma non ha la minima idea di quello che è successo fra di loro. Allora Papà devi darti da fare per la società altrimenti perdiamo il mercato estero. Figliolo ci sono due belle novità, la prima riguarda i macchinari e un nostro concorrente Goffredo è fallito. Penso di fare un affare, comprarli all'asta e di e trasferirli nella nuova società. La seconda è che la ditta Francese a cui vendiamo i tessuti in cotone ha aperto altri 30 negozi e ha problemi con altri fornitori per la loro collezione di imbottiti. Hanno ricevuto un grosso finanziamento dalla Unione Europea e sono intenzionati ad acquistare la nostra azienda con tutti i dipendenti. Inoltre cercano una ragazza che parli bene le lingue per essere la loro referente e a questo punto ho pensato ad Ilaria. <<Il figlio a non ha più interesse a trasferirsi in Bulgaria>> Papà io non mi divido da Ilaria e se questa operazione va in porto e ci pagano contanti non vedo perché devo allontanarmi da Bergamo. Mirko mi hai sempre detto che desideravi una tua Azienda adesso da quando sei tornato dall'Inghilterra ti sei innamorato e cambi idea. Ascoltami bene io devo pensare al mio avvenire e in Bulgaria ci vado da solo, dopo ne parlo anche a tua madre. <<Leonardo non perde tempo e racconta tutto alla moglie, lei dopo aver pensato che sarebbe un'ottima soluzione desidera aiutarlo per l'acquisto dei macchinari. Sono disposta a vendere un terreno ereditato dai miei, sono molti ettari edificabili, ho anche chi lo vuole acquistare subito. Ma non Sara non devi vendere neanche un euro se i Francesi comprano l'azienda incassiamo 3 milioni di euro e ci bastano per risolvere tutti i nostri problemi e finanziare la nuova attività in Bulgaria.<< La moglie è contenta e gli dice>>. Allora io resto a Bergamo e non lascio questa bella casa. Tu ci vai insieme al tuo amico Luciano in Bulgaria. <<Leonardo mi viene a trovare in ufficio e mi racconta tutto quello che ha detto al figlio e alla

moglie riguardo alla vendita della sua azienda ai Francesi.>> Sai Luciano mia moglie sarà pure un gran caca cazzo però nei momenti di necessità economica è sempre disponibile ad aiutarmi. <<Io sono contento e gli chiedo di come è andato il viaggio del e Ilaria figlio a Londra>>. Per quanto riguarda l'accordo con il cliente tutto bene ma c'è un problema imprevisto e sai che con te posso parlare.<Ti ascolto.> Mio figlio ha fatto un matrimonio di interesse con Sara spinto dalla insistenza di mia moglie Sara, ma lui non la sopporta più e durante questo viaggio si è innamorato di Ilaria e hanno fatto sesso in albergo. Adesso non ha più intenzione di lasciare Bergamo e lavorare con Ilaria per i Francesi. Ma anche mia moglie non vuole lasciare la nostra casa se riesco a vendere e incassare 3 milioni di euro.<<Io esprimo un mio parere>>. Leonardo devo prima dirti che il ragazzo ha ragione, Sara sua moglie caratterialmente è irritante e ha dei limiti culturali evidenti e sono sicuro che sessualmente è restia a certi rapporti con tuo figlio, purtroppo questa ragazza non ha avuto nessuna esperienza prima di lui e queste sono le conseguenze. Luciano io per esserti sincero l'ho fatto apposta a mandarlo con Ilaria, la trovo bella intelligente e brava, si è laureata in lingue alla università e culturalmente ne conosce quattro. Leonardo io penso che se riesci a chiudere con i Francesi in breve tempo tua moglie e tuo figlio non hanno interesse a trasferirsi in Bulgaria. <<Lui lo ammette.>> Infatti me lo hanno detto per cui la società la farò io e loro resteranno in Italia.<<Un'altra cosa Elena e Irina stanno imparando bene?>> Queste ragazze sono molto intelligenti e hanno anche saputo farsi voler bene da tutte le colleghe e questo per una azienda è importante. Sai mi mancano molto ma in questo momento devo stare lontano da loro altrimenti mi complico la vita. Luciano io torno in azienda ci risentiamo. Quando Ilaria rientra in ufficio è accolta con affetto dalle sue colleghe e le chiedono come è andato il viaggio a Londra con Mirko.<< Lei deve comportarsi come sempre e anche se è difficile riesce a rispondere serena>>. E' stata una bella esperienza per me, e chissà quando avrei visto Londra e non andavo con lui. Ho fatto bene il mio lavoro di traduttrice e il risultato è stato soddisfacente, il mio inglese lo sapete che è ottimo tanto che i clienti mi hanno fatto i complimenti. Ragazze Londra è una metropoli bellissima e vi faccio vedere tutte le foto che ho fatto con il cellulare.<< Ilaria cerca di parlare il meno possibile di Mirko e le amiche evitano di farle delle domande imbarazzanti.>> Si riprende il lavoro e la routine di tutti i giorni. In casa di Leonardo Sara si lamenta con la suocera di essere trascurata dal figlio e che è stato un errore fargli fare il viaggio con Ilaria. Ma figlia tu non ti rendi conto del momento particolare che stiamo vivendo in Italia e se non troviamo delle soluzioni alternative perdiamo tutto quello che abbiamo costruito con tanti sacrifici in questi anni.<< La ragazza non se ne frega niente dei problemi e pensa al suo rapporto matrimoniale> Ma è giusto che io devo restare con la bambina a casa e lei e Mirko vi dovete trasferire in Bulgaria? I mei genitori sono contrari a questa soluzione e se questo avviene io mi separo da lui e vado a vivere per sempre da loro con la bambina. In questo momento non so che risponderti Sara ne parlerò con mio marito e mio figlio per sentire il loro pensiero e dopo facciamo una riunione familiare anche con i tuoi genitori, adesso devo andare in azienda e cerca di pensare a tua figlia. <<Arrivata in azienda desidera parlare con il

marito e il figlio e li invita a chiudersi in ufficio>>. Ho appena finito di parlare con Sara e a quanto pare si vuole separare da Mirko perché è contraria al suo trasferimento, ne ha parlato anche ai suoi genitori che sono disposti a farla vivere in casa loro con la bambina. <<Tu Mirko cosa ne pensi? >>Mamma io mi sono convinto che tu mi hai fatto fare una cazzata a sposarla, caratterialmente è molto aggressiva e il fatto di avere alle spalle una famiglia benestante si sente padrona di trattarmi a modo suo, io sono stanco e non la sopporto più.<< Leonardo lo difende>>. Rosa devo dire che ha ragione, lei è egoista e se ne frega se la nostra azienda va a rotoli.<< La moglie condivide>> Questa cosa l'ho capita anch'io pertanto facciamo una riunione con la sua famiglia e ognuno per la sua strada. Nostro figlio merita di più e noi genitori dobbiamo pensare al suo avvenire, certamente troverà la ragazza giusta per lui, è giovane e ha tutta una vita davanti. Se lei si sente non amata è anche per colpa sua, si trovasse un altro povero cristo che sopporta il suo modo di fare. Per fortuna mia nipote, ha solo sei mesi, sarebbe stato un distacco più doloroso se aveva 5 o 6 anni ed era in grado di capire.<< Arriva il giorno che le due famiglie complete si riuniscono in casa di Leonardo per prendere una decisione definitiva e sono presenti i rispettivi Avvocati di fiducia.>> I genitori di Sara sono determinati a seguire volontà dello loro amata figlia favorevole ad una separazione consensuale. La madre di Mirko trova la soluzione inevitabile per come ormai il loro rapporto si è inclinato e senza fare alcuna polemica invita gli Avvocati presenti a portare avanti le pratiche per la separazione e nel momento in cui tutto è pronto per la firma i due si divideranno e la bambina resterà con la madre ospite dei suoi genitori.< Sara aveva già trasferito gran parte della sua roba nella nuova residenza e con il suo modo di fare si rivolge a Mirko e ai suoi genitori.> Mi auguro di non mettere più piede in casa vostra e dimenticatevi per sempre la bambina.< I suoi genitori sono come lei scorbutici e sicuri che la figlia abbia fatto la scelta giusta, si salutano appena e vanno via.> E' una liberazione per tutti genitori e figlio. Papà adesso pensi a partecipare all'asta e concludere con i Francesi. Mirko alla prima asta non si presenta nessuno e il prezzo subisce un calo non indifferente, intanto contatterò i Francesi per un appuntamento il prima possibile presso l'azienda. Devo anche avvisare Andrei di avere pazienza e aspettare nuove direttive.<< Leonardo da buon amico mi viene e trovare e mi racconta quanto si è deciso nella riunione con i genitori di Sara>>. Luciano è andata cosi come era previsto, e sono contento che mio figlio continui la sua relazione con Ilaria che trovo sia la ragazza giusta per lui. Ma parliamo di lavoro le tue Banche hanno accettato la proposta di un rientro a lungo termine? Mi hanno concesso tre anni di tempo per rientrare firmando delle cambiale e dando in garanzia la villa e il mio capannone, liquido i miei operai e ho già avuto la risposta dei miei quattro tecnici per trasferirsi in Bulgaria con un compenso adeguato vitto e alloggio gratis. Elena e Irina seguiranno le nuove ragazze e mi daranno una mano anche per quanto riguarda il commerciale. Luciano dirò ad Andrei di trovarmi due ragazze di Plovdiv laureate in lingue Inglese e Francese per lavorare nel mio ufficio commerciale. Ma si Leonardo sai quante ce ne sono senza lavoro, e poi sono tutte intelligenti e imparano presto la nostra lingua. Leonardo intanto tu rimani a Bergamo per interessarti dell'asta e la vendita della tua azienda, ti lascio le chiavi della villa cosi potrai fare compagnia alle ragazze e scopare con tutte e due fino al mio ritorno dalla Bulgaria la mia domanda è stata accettata ed io ormai sono determinato a trasferirmi. Ci vediamo.<<Ma come si starà comportando Mirko con Ilaria dopo la separazione dalla moglie Sara?>> Ormai la notizia della loro relazione ha fatto il giro dell'azienda e tutte le amiche sono contente. Leonardo intanto riesce ad acquistare i macchinari all'asta e si prepara a ricevere la visita dei Francesi.<< La notizia mi viene comunicata da lui stesso ed io parlo con Elena e Irina.>> Ragazze questa volta devo partire da solo per firmare tutti i documenti per la società e finalmente definire la data del nostro trasferimento a Plovdiv, voi due continuate a seguire l'amica Francesca, e le ragazze del commerciale, dopo il lavoro restate nella mia villa e la sera verrà Leonardo, vi terrà compagnia e non solo. <<Resterò in Bulgaria solo tre giorni, ci sono domande>>?< Elena ha qualcosa da dirmi> Domani parti ma questa sera regalaci una notte d'amore speciale. Va bene, ragazze adesso devo incontrarmi con lui e i suoi per salutarli per la mia partenza ci vediamo a cena. Avevo provveduto ai biglietti con una compagnia aerea, volo diretto da Bergamo a Sofia di andata e ritorno. Arrivato in casa del mio amico trovo i genitori di Ilaria che discutono con Leonardo e la moglie sulla relazione dei ragazzi. Scusate il disturbo volevo solo salutarvi perché domani parto per la Bulgaria e mi aspetto notizie positive dopo il vostro incontro con in Francesi.<< Torno a casa e le ragazze avevano preparato la cena>>. <Irina mi chiede come era andato l'incontro>. Sono andato via presto perché c'erano i genitori di Ilaria la nuova compagna del figlio che discutevano. Io li ho salutati velocemente e sono andato via.<< Adesso ceniamo e dopo ci dai un tuo parere su quanto abbiamo preparato>.< Ma mentre sto per sedermi mi chiama al cellulare Leonardo>. Luciano scusami per non averti potuto dare retta quando sei venuto, Ilaria è entusiasta della sua eventuale crescita professionale in azienda e di avere con se Mirko vicino, i suoi genitori lo sperano tanto e sono andati via lasciando la figlia che poi è uscita con mio figlio per trascorrere la loro serata d'amore. Amico mio ti lascio a cenare con le ragazze dai un bacio per me a tutte e due. <<Finalmente riesco ad avere un poco di pace e gustare le pietanza che avevano preparato le ragazze>>. Alla fine faccio loro i complimenti e mi preparo la valigia. Le ragazze sono eccitate per trascorrere con me una serata di sesso speciale. La stessa cosa fanno Mirko e Ilaria in un Motel.< Ma cosa accade?> Lei è contenta che lui va più in Bulgaria e per dimostrarli tutta la sua gioia le fa un regalo. Questa sera facciamo l'amore senza usare il preservativo, ho iniziato a prendere la pillola e puoi avere la tua erezione nella mia intimità. Preso dal forte desiderio di sesso Mirko si lascia convincere e dopo i soliti preliminari lei gli pratica uno speciale rapporto orale per fargli raggiungere il massimo punto di eccitazione. Quando il pene di Mirko diventa duro lei apre le gambe e lui la scopa nella figa ed ha una forte e lunga erezione. Lei gode e gli sussurra in un orecchio di mantenere il suo pene dentro e spingerlo forte perché desiderava avere un altro orgasmo. Alla fine Mirko si stacca da lei e va in bagno a lavarsi.<< Non vede arrivare Ilaria e le chiede il perché non si fosse pulita.>>< Lei trova una scusa>. Preferisco lavarmi a casa con i miei prodotti intimi, ho messo un tampone e andiamo via, si è fatto tardi, i miei mi aspettano. <<Si salutano vicino al suo portone con un lungo bacio si danno appuntamento il giorno dopo in Azienda.>> Lei va a letto e dorme tutta la notte lasciando lo sperma di Mirko nella sua figa. Il suo fine era quello di restare in cinta obbligandolo in caso positivo a sposarla. Ma il ragazzo è veramente innamorato di lei e non meritava che Ilaria si comportasse cosi durante il loro rapporto d'amore.<< Il giorno dopo io saluto le ragazze e parto per Sofia e arrivato trovo Andrei ad aspettarmi.>> Ci salutiamo in macchina e mi chiede come mai non sono venuti la moglie di Leonardo il figlio. Io gli racconto tutto e gli chiedo di poter dormire nel suo appartamento.<< Dopo un'ora e mezza arriviamo a Plovdiv e andiamo al suo appartamento dove lascio la valigia.>> Questa volta non ci sono le ragazze e torniamo nel ristorante dove si mangia solo pesce fresco.

Scegliamo dei crostacei e alcune varietà di gamberoni rossi da fare alla griglia. I primi piatti erano anche loro cucinati ai frutti di mare e il loro profumo era gradevole e invitante. Mangiamo tutto con gusto e chiudiamo la cena con un dessert.<< Il giorno dopo io dovevo definire tutto con il Notaio e la Banca, avevo portato dei soldi giusto per le spese occorrenti e una volta ottenuto il numero iban del conto avrei provveduto ad inviare dei bonifici dall'Italia>>. Andrei gentilmente mi accompagna nel suo appartamento e ci diamo appuntamento il giorno dopo alle 10. Io entro in camera e mi trovo in tasca un biglietto , lo leggo ed era scritto. <<Questa sera ti consiglio di andare a giocare alla roulette ciao Andrei>>. Dopo ver fatto una doccia mi vesto elegantemente e seguo il consiglio di Andrei. La serata promette bene e dopo un'ora la mia vincita è di tremila leva, sono tentato di smettere quando mi si avvicina una ragazza bellissima.<< ho pensato subito che era un regalo di Andrei per farmi trascorrere una notte di sesso e ne ho la conferma quando mi parla in italiano>. Ciao, serata fortunata vero? <Io le sorrido e mi presento>. Ciao, sono Leonardo un imprenditore Italiano prossimo a trasferirmi in Bulgaria.< <Anche lei si presenta.> Mi chiamo Ana e sono un amica di Andrei, è lui che mi ha detto di farti compagnia. Le chiedo come ha fatto a capire che ero io? <<E lei guardandomi negli occhi.>> Tu sei l'unico ragazzo elegante nel locale e mi è stato facile capire che sei Italiano, sai io porto fortuna, andiamo al piano di sopra è più riservato e faccio trasferire la tua vincita su nell'altra roulette. Io avevo già il mio pene che mi spingeva nei pantaloni lei mi eccitava molto e le dico che mi affido alla sua intuizione. <<Chiama una ragazza addetta al locale e trasferisce la somma nella

roulette di sopra>>. Siamo da soli in quella zona
e prendiamo posto. Lei si avvicina sempre di più,
si toglie le mutandine e me le da dicendomi. Se
metti la tua mano fra le mi cosce e mi accarezzi la
figa vedrai che questa sera vincerai tantissimo.
Per me era una esperienza nuova ma molto
eccitante. Ogni volta prima di puntare i numeri le
toccavo la sua bella figa e vincevo, lei sorride mi
dice. Hai visto che avevo ragione, ti consiglio di
smettere a 10.000 leva, la fortuna ha un termine
ed io ho tanta voglia di farti impazzire di piacere.
Lei stessa chiama la ragazza che dopo aver visto
la cifra, ritorna con i soldi ben fatti a mazzetti su
un piatto d'argento. Le do una mancia di 50 leva
e insieme ad Ana lasciamo il locale per recarci a
casa di Andrei. Entrati lei si spoglia nuda ed entra
nella doccia, il suo corpo è perfetto ed invitante,
io ci metto più tempo a spogliarmi al contrario di
lei che aveva un vestito nero di seta leggero e di

sotto era senza reggiseno e mutandine che aveva dato a me. Il posto doccia con idromassaggio era solo per una persona e aspetto che lei finisce per entrarci io. In trasparenza vedo che si asciuga i suoi lunghi capelli biondi e il suo corpo da sballo, dopo si rilassa sul letto e si accarezza la sua figa depilata. Faccio in fretta la doccia e dopo essermi asciugato la raggiungo e si lascia baciare sulle sue labbra carnose. Le nostre lingue si scontrano nelle bocche e il mio desiderio di scoparla sale sempre di più nella mia mente. Quando le nostre labbra si allontanano mi dice di rilassarmi e di lasciarle fare quello che desiderava del mio corpo. Prende dalla borsetta una bottiglietta contenente un liquore al cioccolato e dopo averne versato un pò sulle mie labbra comincia con dolcezza a leccarmele e mi bacia un'altra volta succhiando la mia lingua con la sua. Ne versa ancora un sul mio corpo scendendo sempre più giù. Mi lecca dolcemente con la lingua e quando arriva il momento tanto da me atteso prende in bocca il mio pene e comincia a farmi un pompino speciale dimostrandomi tutta la sua esperienza sessuale. Quando lo sente che cresce e diventa duro infila il preservativo e mi invita a scoparla nella sua figa umida. Io spingo sempre più forte e lei con le mani ci mette dentro anche le palle.<< Nella mia mente un solo pensiero, la sua figa aveva provato dei peni molto più lunghi e grossi del mio>>. Trattengo la mia erezione,   il suo culo era invitante la faccio girare e affondo il mio pene che scivola con facilita nel suo ano. Dopo una ventina di minuti ho la mia erezione, lei si gira e per istinto le succhio i suoi capezzoli grandi come una ciliegina. Cosi termina il nostro rapporto cosi completo e intrigante. Restiamo rilassati per un po', lei dopo ritorna a farsi la doccia. Quando finisce entro io e lei mi aspetta ancora nuda sul letto. Una volta asciugato resto anch'io nudo e la raggiungo. <<Lei mi tiene la mano e mi dice>>. Sai io non facevo sesso da due mesi, ho smesso di prostituirmi e per me lavorano 4 giovani e belle ragazze, le procuro i clienti e prendo la metà dalle loro prestazioni. Era la tua serata fortunata e ho desiderato fartela godere fino in fondo.<< Io la ringrazio per la sua prestazione e le chiedo quando le dovevo dare.<< Lei mi sorprende.>> Mi hai dato abbastanza piacere e non voglio sporcare la nostra serata come una puttana. E' stato bello per tutti e due.<< Dopo mi dice.>> Luciano sai che ci sono dei ragazzi che fanno i gigolò e si fanno pagare dalle donne? Tu saresti un ottimo investimento per me e per te se entri nel mio giro di donne ricche cinquantenni che desiderano avere rapporti a pagamento.<< Io ci penso un po' e le rispondo>>. In questo momento non so cosa dirti, l'idea non è da sottovalutare ma il problema è che non parlo ancora la vostra lingua e sarebbe opportuno aspettare prima il mio trasferimento definitivo e dopo prendere delle lezioni visto che basta imparare il vostro alfabeto. Voi parlate come scrivete.<< Lei me lo conferma.>> Si anch'io ho imparato presto in questo modo, e poi sono stata a Milano vari anni. Ho iniziato a 15 anni a prostituirmi adesso ne ho 32 e ho smesso. Ana che fai dormi con me? Non posso ho appuntamento con le mie ragazze a mezzanotte in un club qui vicino, se vieni con me te le presento e quando vuoi avere rapporti sessuali con loro chiamami al cellulare e ti fisso un appuntamento, prendono 100 leva per un'ora.<< Io accetto di andare con lei e dopo esserci vestiti ci rechiamo in questo night.>> C'è un bravo complesso che suona e un ambiente abbastanza piacevole, molte sono le ragazze e donne sole, lei mi fa cenno quelle che potrebbero essere delle mie clienti.<< In effetti mi guardano tutte con occhi interessati>>. Ana mi presenta le sue ragazze, una è di colore, sono giovanissime e molto belle. Le faccio ballare tutte una alla volta e quando le stringo si lasciano andare e spingono il loro bacino al mio. Malgrado abbia avuto una erezione il mio pene ricomincia a spingere e lo sentono durante il ballo. Resto con loro fino alle due di notte, dopo li saluto e li ringrazio per la bellissima serata.<< Con Ana ci scambiamo i numeri di cellulare.>> Ritorno a casa e mi addormento subito pensando alle tante cose da fare il giorno dopo. Faccio colazione in un locale e Andrei mi aspetta fuori con la sua auto. Ci salutiamo e ci rechiamo prima dal notaio per formalizzare la società e lo statuto, dopo lui stesso ci accompagna in Banca per aprire i conti correnti e versare la somme per il capitale sociale. Io avevo vinto 10.000 leva e li verso tutti. La banca ci rilascia le ricevute e ritorniamo nello studio con il notaio per la definizione della società. Fatto questo ci rechiamo dalla agenzia immobiliare e firmo il contratto per il capannone e quello per   i due miei appartamenti. Rassicuro l'agenzia che con il mio amico Leonardo saremmo tornati in Bulgaria per definire anche la sua società e di firmare il contratto per gli appartamenti e l'altro capannone. Io avevo già provveduto dall'Italia ad inviare loro un bonifico della mia somma totale e mi consegnano tutte le chiavi. Dovevo solo recarmi dal commercialista e il consulente del lavoro e dare loro il mandato per seguire per il momento solo la mia società e Andrei aveva fissato con loro l'appuntamento nel pomeriggio.<< Intanto mi telefona Leonardo>>. Ciao Luciano ti comunico che fra 4 giorni ho appuntamento con I titolari della ditta francese.

Bene Leonardo questa è una bella notizia, io ho assicurato la agenzia che tu farai il contratto per il capannone e gli appartamenti non appena concludi questo affare.   Loro ti aspettano. Ascolta Luciano devo parlare con Ilaria perché non deve mancare a questo incontro importante e ti tengo informato ciao. << Andrei   dove andiamo a pranzare?>> Luciano Io devo andare a casa da mia moglie, ti consiglio di pranzare nel ristorante dell'albergo c'è una ragazza che parla Italiano si chiama Lory e ti consiglia lei, io vengo a trovarti a casa fra due ore e mi parli di ieri sera. <<Ero già stato nel ristorante dell'albergo e una volta entrato chiedo della ragazza.>> Non tarda ad arrivare e mi saluta, è una bella bionda e mi fa accomodare in una saletta riservata. Mi porta il menu e mi traduce e consiglia le pietanze da prendere. Io la ringrazio   e dopo poco tempo arrivano gli antipasti inizio a pranzare per finire dopo un'ora con un dessert. Sono soddisfatto per la qualità e il servizio e ringrazio la bella ragazza con una mancia. Vado nell'appartamento di Andrei, mi rilasso un poco e poi chiamo Ana al cellulare per prenotare una serata con una delle sue ragazze.<< Ciao mio gigolò hai ancora voglia di scopare?>> Ascolta Ana, grazie per la serata di ieri, sono stato bene con te e ci sto pensando seriamente alla tua proposta di fare il gigolò quando mi trasferisco. Per questa sera desidero fare sesso con la ragazza di colore che ho conosciuto nel club, è una esperienza che vorrei provare. Luciano la figa è uguale a tutte le ragazze ma se tu ci tieni io te la mando alle 10 e te la scopi per due ore. Ti chiederà 200 leva, tu pagala prima del rapporto, le Escort sono abituate cosi in questo modo in tutto il mondo e lo sai benissimo. Va bene Ana e grazie ancora. Ciao mio gigolò e se giochi falle togliere le mutandine e toccale la figa prima di puntare vedrai che vincerai un'altra volta.<< Io chiudo il telefono e penso a quanto lei è figlia di puttana> Suonano al citofono ed è Andrei. <<Gli apro il portone entra in casa e lo faccio accomodare sul divano.>> Amico mio intanto grazie per il regalo di ieri sera ma da quando conosci Ana? E lui. Da quando aveva 15 anni e scopava negli alberghi, a 25 anni ha fatto esperienze a Milano e al suo ritorno ha pensato bene di diventare manager e fare prostituire delle ragazze al posto suo ma ieri sera come è andata. Molto bene, non ha voluto essere pagata come una puttana e nel rapporto ci siamo quasi amati come due amanti, insomma una bella esperienza. Luciano tu sei il classico ragazzo Italiano di cui vanno pazze qui le ragazze e non solo, vedrai quante ti faranno la corte e te la daranno gratis. Andrei che dirti, se mi provocano me le scopo tutte senza avere legami e in piena riservatezza come è successo con Ana ieri sera. Ti confesso che non ho mai scopato con una ragazza di colore e questa mi incuriosisce tanto. Conosco le sue ragazze e condivido che quella di colore è una bella figa e piace anche a me. Allora vogliamo andare?<< Ci rechiamo in macchina all'ufficio associato per incontrare il commercialista e il consulente del lavoro.>> E' il mio ultimo impegno in Bulgaria e quando arriviamo troviamo tutto pronto, firmo i documenti necessari e la mia società ha le carte in regola per delocalizzare la produzione. Ci salutiamo e avendo del tempo prima della cena Andrei mi porta a visitare tutta la città e dei nuovi centri commerciali come quelli Italiani con Cinema Multisale e tanti negozi anche di grandi firme. Non mi sembrava di stare in una citta dell'Est. Tutto è molto pulito e organizzato alla perfezione. Moltissimi sono i giovani ed in maggioranza ragazze che dal caldo vestono con mini gonne o i soliti jeans a vita molto bassa. Trascorriamo giusto tre ore e decidiamo di cenare sul posto visto che c'erano tanti punti ristoro e prendiamo delle pizze margherita cotte nel forno a legna, erano condite bene e le gustiamo bevendo birra Messicana. Andrei sai che neanche a Bergamo ho mangiato una pizza così gustosa. Lui mi conferma che ci sono molti pizzaioli italiani che lavorano nel centro commerciale. Facciamo un altro giro e dopo torniamo a casa. Luciano buona scopata con la ragazza di colore e ci vediamo domani mattina alle 10. Questa volta vado direttamente nella sala slot di sopra e comincio con 100 leva. Ogni tanto una ragazza del locale mi offre da bere, e il tempo passa.<<Intanto mi chiama Leonardo>>. Ciao Luciano scommetto che stai giocando alla roulette, ti chiamo per farti sapere che   la riunione con i Francesi la faremo domani pomeriggio e mi dispiace che tu non sarai presente, loro dopo ripartono la sera stessa per Parigi. Leonardo l'importante è che concludi l'affare, ma dimmi Ilaria che ne pensa? Lei si sente capace e pronta per l'incontro, è padrona della lingua francese e mi ha assicurato che non mi deluderà. Leonardo io ho fatto tutto e adesso sono in attesa di una ragazza di colore per scopare, mi dispiace per te ma ti rifarai quando ritorneremo in Bulgaria, buona serata e mi raccomando di concludere bene l'incontro. Continuo a giocare alla roulette elettronica e la mia vincita è di circa 2.000 leva, faccio un'altra sosta e sono ansioso di vedere la ragazza. Alle 22 in punto Emi entra nel locale, e sale al piano superiore certa di trovarmi li. Io appena la vedo mi alzo dallo sgabello e la saluto. Lei mi stringe la mano e mi dice che la manda Ana. Io le chiedo di restare a giocare con me.<Lei si siede e vedo che si toglie le mutandine.> Ana mi ha detto che puoi toccarmi prima di scegliere i numeri da giocare. <Io non me lo faccio ripetere e le metto la mano fra le cosce> La sua figa è abbastanza carnosa e morbida. In poco tempo arrivo a 8.000 leva e mi fermo. Chiamo la ragazza e mi faccio pagare. Emi è contenta di avermi portato fortuna, le regalo 300 leva e la porto a casa di Andrei. Questa volta entro prima io nella doccia e lei si spoglia nuda. E' alta, capelli corti e il suo fisico è perfetto. Una dea nera, il mio pene sotto la doccia si eccita sempre di più. Esco e lascio entrare lei, la doccia non ha posto per due e quando entra strofina i suoi seni sul mio petto e sento i suoi capezzoli duri. Guardarla mentre il bagnoschiuma le scivola sulla pelle è molto eccitante. Quando termina si asciuga e mi raggiunge sul letto. Solitamente le puttane non si fanno baciare, ma lei è attratta da me e mi porge le sue labbra carnose ed io rispondo con le mie infilandole in bocca la mia lingua che lei succhia con piacere. Restiamo cosi a lungo e dopo comincio a leccarle i seni , i capezzoli e tutto il corpo fino alle labbra della sua bella figa. Lei geme e gode dal piacere, al punto che con le mani mi tiene la testa ferma fino ad avere un orgasmo. Una volta appagata è il suo turno e senza preservativo prende in bocca il mio cazzo ormai duro e mi fa un pompino talmente speciale che non riesco a trattenermi e ho una erezione nella sua bocca, lei continua a succhiare fino ad ingoiare tutto il mio sperma. Ci rilassiamo per una ventina di minuti sul letto, lei si gira mostrandomi il suo culo nero molto invitante. Ricomincia a succhiarmi il pene e quando ridiventa duro mi invita alla penetrazione prima nella figa e dopo con il preservativo nel suo buco del culo. La scopo con forza e ho un'altra erezione provando un piacere immenso. Lei mi dice che ha fatto tardi ed ha un altro cliente da soddisfare, si fa una doccia in fretta e si riveste, io sono ancora nudo e la ringrazio lei mi saluta con un arrivederci e un bacio sulla punta del mio pene . Anche questa è stata una bella scopata da ricordare, mi lascio andare sul letto e mi addormento sfinito. Il mattino dopo mi sveglio alle 10 e Andrei mi aspetta giù al portone. Lo chiamo al cellulare e lo invito a salire. Scusami ma ieri sera quella ragazza era insaziabile e mi ha svuotato completamente. Luciano a Plovdiv puoi scopare ogni sera ma ti devi dare una regolata altrimenti poi sul lavoro non ti senti lucido e concentrato. Ti basta fare sesso il giovedi' e il sabato con ragazze diverse, e la domenica ti riposi. Hai ragione Andrei sono stati due notti di sesso molto forti e ieri ho dovuto prendere la pillola per aiutarmi. Intanto che finisco di vestirmi Andrei mi propone di fare una visita a Sofia prima della partenza. Sai oggi mia moglie è di turno e mia suocera pensa a mia figlia, desidero farti vedere Sofia e i suoi monumenti, è una bella città moderna, l'aereo parte alle 14,50 e abbiamo tutto il tempo. Va bene Andrei ancora pochi minuti e andiamo via. Durante il percorso gli racconto i particolari della serata con la ragazza e lui invece mi parla delle bellezze della città. Un'ora prima della partenza Andrei mi lascia in aeroporto, gli do le chiavi di casa e 1.500 euro compreso il fitto della casa di un mese e qualcosa per la sua valida collaborazione. Lui mi abbraccia e mi augura buon viaggio. Dopo i controlli mi imbarco per Bergamo. Sono talmente stanco che mi addormento durante tutte le 2 ore di volo. All'arrivo prendo un taxi che mi accompagna alla mia villa. Elena e Irina quando mi vedono mi vengono incontro contente e mi stringono a loro baciandomi. Finalmente sei a casa mi dice Elena ci sei mancato tanto. Io mento, le dico la stessa cosa entriamo in casa e lascio la valigia nella mia camera. Ci sediamo sul divano.<< Io le do una certezza.>> I tempi si sono accorciati, ormai il trasferimento dei miei macchinari si può organizzare. Luciano ti preparo uno spuntino è ancora presto per cenare. Elena mi basta un panino e una birra pensa ero talmente stanco che mi sono addormentato durante tutto il volo. Ti capisco, compreso i viaggi in aereo sono stati tre giorni impegnativi per te e hai concluso tutto quello che c'era da fare per il trasferimento dei macchinari. Intanto i Francesi per uno sciopero selvaggio in aeroporto rimandano il loro incontro e in casa di Leonardo si discute. Leonardo io non è che sia tanto contenta di lasciare la mia bella casa, e se veramente domai vendi la tua azienda sarebbe più opportuno che vada tu in Bulgaria per accelerare i tempi e la produzione. Anche Mirko ha qualcosa di seri da confessare ai genitori. Io non voglio separarmi da Ilaria anche perché mi ha detto che aspetta un bambino, se questo affare va in porto chiederò a questa azienda Francese di poter continuare le mie mansioni in ufficio e starle vicino. Leonardo diventa una furia. Figlio mio sei proprio una testa di cazzo e immaturo. Da una parte è meglio che non vai più in Bulgaria a dirigere l'azienda, io non ho mai creduto nelle tue capacità imprenditoriali. La moglie Rosa lo difende. Con tutti i soldi che incasserai dai Francesi potresti fare a meno anche tu di trasferiti in Bulgaria, io non lascio la mia casa e pertanto se proprio ci credi tanto ci vai da solo con il tuo amico Luciano. Porca puttana che situazione di merda, io vado a fare due passi. Va via di casa sbattendo la porta ma in cuor suo era quello che desiderava per allontanarsi dalla moglie. Viene a trovarmi alla villa e usciamo in macchina. Sai l'appuntamento è rimandato a domani mattina per uno sciopero dei controllori di volo, meglio cosi, mio figlio e mi moglie mi hanno fatto incazzare. Ma sai che cazzo ha combinato quel cretino ha messo in cinta Ilaria. Leonardo che dirti non era il tuo sogno poter vivere da solo? Adesso incasserai 3 milioni di euro e potrai liberarti di tutti i tuoi impegni e ti resteranno anche tanti altri soldi per poter lavorare senza problemi in Bulgaria. Luciano spero che anche i Francesi non cambiano idea altrimenti salta tutto, ma raccontami di te e le tue scopate per distrarmi un po. Adesso non è il momento ma ti racconterò in dettaglio quello che mi è accaduto in queste due notti in Bulgaria con due fighe da capogiro, sai ho vinto 18.000 euro alla roulette. Amico mio una volta soli ci divertiremo un sacco con tante belle fighe che ce la daranno gratis. Elena e Erina intelligenti come sono sanno che hanno tutto da perdere se ci rompono i coglioni e fanno le gelose. E' vero, siamo due malati patologici della figa e non cambieremo mai. Andiamo in quel bar a farci una birra e poi speriamo che tutto vada secondo le nostre previsioni cin. Il giorno dopo arrivano i Due titolari della ditta Francese e ci siamo tutti. Dopo aver visitato l'azienda in ogni reparto sono convinti di acquistarla. In ufficio sono presenti anche i commercialisti e i due avvocati di parte. L'investimento per i Francesi è di 3 milioni di euro compreso, i dipendenti che saranno assunti con passaggio diretto. Ilaria traduce con facilità e ha i complimenti dai titolari, che la ritengono in grado di essere la loro referente, la richiesta di Mirko viene accettata e continuerà il suo lavoro in ufficio con le stesse mansioni. Avviene la firma per il preliminare e tempo una settimana avverrà la stipula notarile e il passaggio di proprietà in uno studio notarile a Parigi. Si brinda alla fine con una bottiglia di champagne e i Francesi, il loro avvocato e un tecnico specializzato lasciano l'azienda per ripartire. Leonardo è contento come lo sono la moglie il figlio e Ilaria. Con i 3 milioni di euro potrà pagare le banche, liquidare gli operai e investire nella società Bulgara. Dopo una settimana Leonardo e Ilaria partono per Parigi, agli arrivi trovano uno dei titolari che gli accompagnano nello studio notarile.<< Dopo la firma e la cessione della proprietà riceve un assegno di 3 milioni di euro.>> Per socializzare con Ilaria i Titolari li invitano a pranzo in un ristorante nel centro di Parigi. Leonardo può solo assistere a quello che si dicono perché non sa il francese ed Ilaria gli fa capire che gli spiegherà il tutto dopo il pranzo quando ripartiranno nel pomeriggio per Bergamo. I Francesi sono sicuri di aver risolto i problemi avendo una loro azienda produttrice di tessuti già pronta e avviata in Italia. Brindano alla chiusura della cessione si salutano e lasciano il ristorante. Ilaria e Leonardo prendono un taxi per recarsi in aeroporto e lei finalmente gli può dire di cosa parlava con I Francesi. In sintesi che loro credevano nelle sue capacità professionali e che avrebbero trasferito da dei loro designers e dei tecnici specializzati nei colori dei tessuti per 15 giorni e di provvedere ad alloggiarli in un albergo vicino alla azienda. <<Leonardo si stringe il suo assegno e del resto non se ne frega un cazzo.>> Tornano a Bergamo e raccontano tutto alla moglie rosa e il figlio Mirko.<< Dopo gli fa vedere l'assegno e se lo rimette in tasca.>> Domani lo verso in un'altra Banca e una volta che arriva la valuta parlo con il miglior avvocato di Bergamo e alle due Banche gli faccio fare una offerta di rientro dei fidi al 50% in una unica soluzione. Mentre la compagnia Francese porta avanti i suoi programmi per la lavorazione di gran parte delle collezioni che utilizzano per l'arredamento, Leonardo ha la risposta positiva dalle Banche che accettano l'offerta fatta dal suo legale e chiude i conti. Gli operai vengono tutti liquidati come pure i fornitori delle materie prime. Anche gli enti sono azzerati e dei 3 milioni incassati ne rimangono uno e mezzo abbastanza sufficienti per comprare una casa al figlio che dovrebbe vivere con Ilaria, e 200 mila euro sul conto della moglie per avere una vita agiata. Alla fine Leonardo si ritrova con un milione e 200 mila euro da investire. Inoltre contatta Goffredo che conosce bene i suoi macchinari e gli propone di lavorare per lui in Bulgaria. Lui accetta e ci prepariamo a partire con due camion e le nostre auto personali. Il viaggio è molto lungo. Ci imbarchiamo da Venezia destinazione porto di Patrasso in Grecia e poi diretti in Bulgaria e Plovdiv. Con me in macchina ci sono Elena e Goffredo. Irina in quella di Leonardo insieme ai due tecnici, gli altri due viaggiano con i camion. Arriviamo la sera molto stanchi e lasciamo i due camion all'interno dei capannoni. Leonardo telefona ad Andrei per avvisarlo che eravamo arrivati e di trovarci un posto dove cenare tutti insieme.<< Andrei ci raggiunge ci saluta e lo seguiamo con le auto in un gran ristorante.>> Alla fine Leonardo va dormire nell'appartamento con Irina ed Elena, i 4 tecnici e Goffredo prendono possesso degli altri tre appartamenti.   Gli autisti preferiscono dormire nei loro camion. Io lascio la mia macchina in Azienda e Andrei mi accompagna nel suo appartamento dove per scelta concordata con Leonardo alloggerò da solo. Dopo avermi dato le chiavi e la scheda del portone Andrei mi saluta e mi da appuntamento il mattino dopo alle otto. Leonardo non si lascia scappare l'occasione per fare sesso con Elena e Irina. Io invece chiamo Ana e mi faccio mandare a casa la ragazza di colore che per fortuna era libera. Il tempo che lei arriva entro nella doccia rigenerante e prendo una pillola blu per essere in forma. Faccio appena in tempo ad asciugarmi che suona il citofono. Apro il portone e l'aspetto vicino alla porta di casa. Sono in accappatoio, lei mi abbraccia entra, si toglie il vestitino trasparente che indossa e va sotto la doccia. Solo a guardarla con la schiuma che le scivola sul suo bellissimo corpo nero il mio pene diventa duro e l'aspetto sul letto. Lei non tarda ad arrivare e comincia ad accarezzare il mio corpo e la invito a baciarmi, la sua bocca carnosa mi faceva impazzire ed era brava a giocare con la mia lingua. Stando sopra di me sente che il mio pene duro pronto per la penetrazione, si mette in ginocchio e con una mano lo infila nella sua figa, dopo con movimenti lenti ed eccitanti mi fa venire per la prima volta senza preservativo. Continua a tenersi dentro il mio sperma e mi bacia ancora per alcuni minuti. Lascia il letto e si va a lavare sotto la doccia, la stessa cosa faccio io e ricominciamo a rifare sesso. Dopo avermi fatto un pompino si gira di spalle e la penetro nel suo stupendo fondoschiena. Ho un'altra erezione e mi lascio cadere sul letto sfinito. Lei torna a lavarsi e si riveste. Prima di andare via le do 300 leva, lei mi sorride e mi da un colpettino sui coglioni. Mi infilo il pigiama e mi addormento subito. Il mattino dopo Andrei mi aspetto giù al portone e ci rechiamo in Azienda dove gli operai di una ditta già contattata stavano scaricando i macchinari dai camion muniti di grossi muletti. Intanto Leonardo deve formalizzare la sua società e segue le mie stesse prassi con l'aiuto si Andrei. << Goffredo è un tecnico valido e il suo apporto è determinante.>> Le ragazze si danno da fare per telefonare alle loro amiche e organizzare una riunione in azienda per le loro assunzioni. Mi preoccupo anche di acquistare un pulmino per il trasporto delle operaie che si trovano a 20 km da Plovdiv amiche di Elena e Irina. Leonardo quando ha finito ed ha il suo numero di conto societario chiama la Banca di Bergamo e si fa trasferire tutti i suoi soldi in Bulgaria. Si lavora fino a tarda sera e si arriva stanchi in casa dopo cena e si riposa. Passa una settimana e finalmente le due aziende possono cominciare la produzione. Per fortuna i Francesi che hanno rilevato l'azienda di Leonardo producono tessuti solo per loro e tutti i clienti che avevamo in Europa ricominciano ad ordinare Le due ragazze che aveva chiesto Leonardo ad

Andrei sono molto brave, parlano tre lingue e usano il computer con professionalità Anche i miei clienti si fanno sentire e pagare un 20% in meno la merce è per loro allettante. Il lavoro di insegnamento di Elena e Irina da i risultati sperati e quando le ragazze imparano a cucire Jeans e camice, passano al commerciale come promesso quando le ho incontrate con Leonardo per la prima volta nel Night. Nel momento in cui tutto diventa organizzato e produttivo io e Leonardo siamo soddisfatti della scelta fatta e notiamo che molti altri produttori Italiani mollano tutto e delocalizzano la loro produzione di ogni genere di prodotti in Bulgaria. Dopo un anno formiamo una associazione con un ufficio di rappresentanza. Leonardo è il presidente ed io il vice. Anche l'Azienda Francese a Bergamo produce molto bene e il lavoro di Ilaria come dirigente soddisfa i titolari. La sua gravidanza è ben gradita e da tutti e si aspetta solo il giorno del suo matrimonio con Mirko. Io e Leonardo seguiamo il nostro stile di vita fatta di lavoro e distrazioni sessuali fedeli sempre alla nostra filosofia e dipendenza patologica per la figa. Trascino anche lui nella organizzazione di Ana che ci presenta a delle bellissime e ricche donne disposte a pagare per la nostra compagnia a cena ed essere anche scopate. Chiudo questo libro di mia fantasia ma se ci pensate bene c'è molto di reale. Un saluto dallo scrittore naif quale io sono.

THE END